Bernard Quiriny

UNE COLLECTION TRÈS PARTICULIÈRE

NOUVELLES

Éditions du Seuil

TEXTE INTÉGRAL

ISBN 978-2-7578-3353-7
(ISBN 978-2-02-104695-3, 1ʳᵉ édition)

© Éditions du Seuil, 2012

Une collection très particulière (I)
L'écriture et l'oubli

En 1957, Robert Martelain fut victime d'un grave accident de la route. Après trois mois d'hôpital, il apparut que ses facultés physiques et intellectuelles étaient irrémédiablement diminuées, et qu'il ne pourrait jamais reprendre son métier d'assureur. Sa famille l'installa donc dans un sanatorium où il vécut jusqu'à sa mort, en 1979, à cinquante-quatre ans.

L'accident avait occasionné un traumatisme qu'on ne put jamais soigner, et qui altérait le fonctionnement de son cerveau. Sa mémoire, en particulier, était endommagée. Certes, Martelain se rappelait très bien les dates, les événements historiques, le nom de ses infirmiers et la carte des chemins serpentant dans les montagnes autour du sana, où il allait souvent se promener en compagnie d'un guide ; en revanche, il était incapable de se souvenir qu'il avait une famille (comme s'il était né par génération spontanée) et, surtout, il oubliait systématiquement son propre nom, qu'il fallait lui répéter chaque matin.

Il était un grand adepte de la séance de cinéma du jeudi, organisée dans la salle de réunion du sana, et un utilisateur assidu de la bibliothèque. Sa mémoire enregistrait parfaitement les intrigues des films et des livres – plus fidèlement, même, que la moyenne des gens. Quand il rouvrait un livre commencé plusieurs semaines auparavant, il se souvenait des pages déjà lues, et reprenait sans éprouver le besoin de revenir en arrière, comme s'il ne s'était pas interrompu. En fait, son dérèglement le plus bizarre ne concernait pas les livres qu'il lisait, mais ceux qu'il écrivait. Martelain était *incapable* de conserver le souvenir de ses propres œuvres au-delà d'une journée. La nuit effaçait tout. Le lundi, il griffonnait quelques pages ; le mardi, il les découvrait avec perplexité, et refusait d'admettre qu'elles étaient de lui. Il lui suffisait de dormir pour que toute la mémoire de sa création s'efface, et qu'il ne se reconnaisse plus dans sa propre prose. Parfois même, une simple somnolence dans l'après-midi lui faisait oublier ses travaux du matin. Et comme écrire était son occupation favorite, son unique loisir au sana, presque le but de son existence, ce dérangement était le drame de sa vie.

Tous les matins, il découvrait sur son bureau les feuilles qu'il avait noircies la veille. Il y reconnaissait son écriture, mais demeurait incertain qu'il en était l'auteur. L'infirmier disait l'avoir vu faire, certifiait que leur paternité ne faisait aucun doute ; mais Martelain restait perplexe et, à la lecture, il trouvait que ce n'était pas mal, mais qu'il n'aurait pas écrit comme ça, que « ce n'était pas son style ». Invariablement, il chiffonnait donc les feuilles et en prenait une vierge pour tout recommencer.

Les pensionnaires l'appelaient sarcastiquement « le Poisson », par allusion à la mémoire quasi nulle des poissons rouges qui tournent sans fin dans leur bocal en oubliant tout en permanence. Mais Martelain, inconscient de son infirmité, ne se lassait jamais ; chaque matin, il recommençait son livre avec le même enthousiasme, et le même sentiment de nouveauté.

Ferdier, le directeur du sana, se prit d'intérêt pour lui. Chaque soir, il se faisait communiquer les pages écrites par Martelain pendant la journée, sachant qu'il ne les réclamerait pas le lendemain puisqu'il en aurait oublié l'existence. Au bout d'un an, Ferdier avait trois cent cinquante débuts de romans dans les mains, certains très encourageants (Martelain n'était pas dénué de talent), mais tous irrémédiablement abandonnés. Souvent, Ferdier les rendait à Martelain en l'incitant à les continuer ; mais l'auteur prétendait ne pas s'y retrouver, que ce n'était pas de lui, et préférait commencer autre chose.

Trouvant dommage que le génie de Martelain s'épuise dans ces débuts de romans fatalement avortés, Ferdier l'aiguilla vers des formes plus courtes, qu'il pourrait maîtriser dans la durée que lui autorisait sa mémoire – pour que Martelain produise quoi que ce soit qui vaille, il fallait qu'il l'écrive en un jour. Il lui fit donc lire des nouvelles de Maupassant et de Poe, ainsi que des haïkus, en lui suggérant de s'en inspirer. Et, pour le contraindre à se discipliner, il confisqua son stock de papier et le restreignit à cinq feuilles quotidiennes.

Martelain protesta contre ces procédés, et refusa de rien écrire dans ces conditions. Mais, poussé par sa nécessité intérieure, il accepta finalement cette conversion forcée aux petits formats. Réduisant ses ambitions, il se mit à livrer des textes de deux ou trois pages, suffisamment courts pour qu'il pût les concevoir, les écrire et les corriger d'une traite, dans la journée. Et s'il se dissipait, Ferdier avait ordonné aux infirmiers de le tenir de force sur sa chaise, pour qu'il aille au bout de sa pensée, sachant que tout texte abandonné avant le coucher serait perdu.

Martelain acquit ainsi une méthode et, pour la première fois dans sa carrière d'écrivain amateur, acheva ses textes. Au bout de quelques mois, Ferdier fut en possession d'une quarantaine de récits complets, d'un niveau littéraire très honorable, qu'il fit lire à ses confrères avec fierté. Il songea même à en tirer un petit recueil, mais Martelain se montra si peu enthousiaste qu'il renonça à cette idée.

C'est alors que se produisit un événement étrange, qui augmenta la perplexité du corps médical. Sous l'influence de Ferdier, Martelain continua d'écrire tous les jours des récits courts, qu'il oubliait automatiquement au bout de vingt-quatre heures. Mais peu à peu, ses textes se mirent à se ressembler, au point que Ferdier se demanda s'il n'écrivait pas chaque jour le *même* texte. Il crut d'abord que Martelain avait guéri, et qu'il se souvenait plus ou moins de ce qu'il avait écrit la veille. Mais non : Martelain continuait de prétendre ne se souvenir de rien, et les tests confirmèrent ses propos. Pourtant, les faits étaient là : tous les soirs, Ferdier comparait sa production du jour avec celle de la veille, et chaque fois les différences s'estompaient. Au début, les premières phrases n'étaient pas les mêmes, mais après quelques semaines elles se fixèrent, et Martelain finit par les reproduire mot pour mot – sans se souvenir que les mêmes avaient été écrites la veille. (On le voyait d'ailleurs, car il raturait beaucoup.) Puis des paragraphes complets se stabilisèrent ; et, au fil du temps, Martelain trouva la forme du texte entier, avec sa longueur, ses rebondissements et sa chute. Chaque jour, il racontait la même histoire, avec des variantes de moins en moins nombreuses, en se rapprochant d'une sorte d'idéal que Ferdier appelait son « texte définitif », qu'il visait sans le savoir depuis toutes ces années.

À mesure que le phénomène se précisait, Ferdier s'était pris d'admiration pour Martelain. Jusqu'alors, il l'avait regardé comme un patient ; à présent, c'était pour lui un écrivain. Mieux : un écrivain *absolu*, inconsciemment guidé par le texte qui tournait dans sa tête, et qui ne trouverait le repos qu'après l'avoir écrit comme il devait l'être. D'ailleurs, qu'arriverait-il alors ? Ferdier s'interrogeait. Martelain cesserait-il d'écrire ? Ou bien continuerait-il de recopier chaque jour les mêmes pages, jusqu'à sa mort ? À moins que ce texte idéal reste inaccessible, et que Martelain soit condamné à produire asymptotiquement des approximations toujours plus proches, sans jamais atteindre la perfection…

Religieusement, Ferdier lisait tout ce qu'écrivait Martelain, attendant le moment où son texte du jour serait exactement identique à celui de la veille. Plusieurs fois il crut ce moment arrivé ; mais une comparaison attentive des deux récits lui faisait toujours découvrir un mot qui changeait, ou un signe de ponctuation – comme au jeu des sept erreurs. Malgré tout, il encourageait Martelain, lui disant qu'il était près du but, et qu'il fallait maintenir l'effort. Martelain, qui ne comprenait pas grand-chose aux propos de son médecin, le considérait avec un regard vide avant de se détourner pour tailler son crayon et se remettre au travail.

Ferdier mourut accidentellement en 1975, à une époque où Martelain continuait d'écrire jour après jour des textes légèrement différents.

Ce n'est qu'un an plus tard que le malade toucha au but que Ferdier espérait. Le 15 mars 1976, il rendit le *même* texte que la veille, *au mot près* ; et encore le 16, puis le 17, et tout au long du mois. Même début, même fin, mêmes mots, mêmes virgules aux mêmes endroits. Un décalque, une copie. Aubain, le successeur de Ferdier, constata avec stupéfaction que ce dernier avait vu juste. Conformément à la promesse qu'il lui avait faite, il entreprit d'écrire une étude sur le cas Martelain pour le *Journal of Neurology*, avec le récit de Martelain en annexe, et de nombreuses références aux brouillons qu'avait préparés Ferdier sur cette affaire.

Le jour de la parution de l'article, Martelain, comme d'habitude, avait commencé d'écrire son texte – qu'il avait déjà réécrit six cent huit fois à l'identique depuis le 15 mars 1976, et qu'avaient plus ou moins préparé ses milliers de débuts de romans depuis des années. Les infirmiers lui montrèrent le *Journal of Neurology* en le félicitant : il était le héros du jour ! Incrédule, Martelain jeta un œil distrait à l'article d'Aubain, et à sa propre nouvelle publiée en regard. Puis il referma la revue, et émit ce jugement sidérant : « Ce n'est pas mal, mais ce n'est pas trop mon style. Moi, j'aurais écrit autrement. » Puis il reprit ses cinq feuillets quotidiens pour écrire toujours le même texte, qu'il réécrirait sans fin jusqu'à sa mort en 1979.

*

Cette histoire est la première que raconte Gould dans ses conférences sur le thème : « L'écriture et l'oubli ». Mais il en a d'autres en magasin, que nous lui suggérons souvent de publier. Il répond qu'il est rattrapé par son sujet, et qu'il oublie toujours de les mettre en forme. Cette plaisanterie l'amène au cas d'un nouvelliste du XIXᵉ siècle nommé Rorgant, commerçant à Aubagne. C'était un homme qui lisait peu, et qui n'avait guère d'imagination. En fait, la littérature ne l'intéressait pas. Il se méfiait des artistes et des intellectuels, admirait plutôt les hommes d'action, et voyait dans l'écriture une manière prétentieuse de perdre son temps. Pourtant, à trente-cinq ans, il composa sur un coup de tête un admirable recueil de contes ; ses amis en furent très étonnés, et lui-même se demanda ce qui avait bien pu lui prendre. Il montra son manuscrit à un journaliste de Marseille, qui le communiqua à un éditeur parisien. En 1878, les *Contes des calanques* sortaient en librairie. Ravi, Rorgant vécut quelques semaines sur un nuage, s'imaginant un destin d'homme de lettres. Il se promit de commencer bientôt un nouveau livre et, en attendant l'inspiration, retourna à ses occupations.

Celles-ci étaient si prenantes qu'elles l'absorbèrent entièrement. Bien vite, Rorgant oublia ses *Contes*. La littérature sortit de son esprit comme elle y était entrée, et il fit une belle carrière dans les affaires sans jamais écrire de nouveau.

Quand il eut soixante-quinze ans, sa femme mourut. Il légua la demeure familiale à son fils et s'offrit une villa sur la côte, pour finir ses vieux jours. Lors du déménagement, il retrouva dix exemplaires de *Contes des calanques* que lui avait donnés l'éditeur. Hébété, il se rappela alors qu'il était écrivain – du moins, qu'il avait ambitionné de l'être. Il rouvrit son livre avec émotion, lut les deux premières nouvelles, les trouva honnêtes. Comment avait-il pu *oublier* ainsi sa carrière dans les lettres ? Cette découverte le troubla beaucoup. Il se demanda s'il pouvait rattraper le temps perdu, accomplir dans le peu d'années qu'il lui restait à vivre l'œuvre qu'il avait oublié d'écrire pendant quarante ans. Fiévreux, il s'enferma dans sa villa et s'obligea à réfléchir à un sujet de livre, en s'interdisant tout repos avant d'avoir un manuscrit. Au bout de deux mois de nuits sans sommeil, épuisé, il mourut, laissant quelques brouillons sans queue ni tête et un petit texte ironique intitulé *Conseil aux jeunes écrivains*, qui consiste en cette simple phrase : « Le plus important : n'oubliez pas d'écrire. »

*

Matthieu Mandelieu, autre spécimen de la collection de Gould, est l'inverse de Rorgant : lui se serait damné pour oublier qu'il avait écrit, mais n'y est jamais parvenu. Né à Bruxelles en 1910, il publia très jeune des romans qui exprimaient son mépris des conventions sociales et son goût pour les fantaisies sexuelles. Ils firent scandale dans la critique et dans l'opinion ; Mandelieu, très content, y vit la preuve qu'il était sur la bonne voie. En 1936, il partit en voyage autour du monde. Le périple dura trois ans, et fut émaillé de nombreux incidents : il fut blessé au Congo dans une partie de chasse, emprisonné en Amérique suite à une bagarre, et il contracta en Inde une maladie de peau qui devait lui occasionner d'atroces démangeaisons pour le restant de ses jours. Tous les mois, il envoyait à ses amis des lettres racontant ses aventures et exposant ses pensées subversives. En 1939, de retour à Bruxelles, il publia ses souvenirs, en y rajoutant toutes sortes d'exploits érotiques imaginaires. Ce fut un nouveau scandale, doublé d'un procès pour pornographie qu'il gagna de justesse.

Fut-il effrayé par cet épisode judiciaire qui lui avait fait risquer la prison ? Toujours est-il qu'immédiatement après cette affaire, Mandelieu disparut. Durant des années, on n'entendit plus parler de lui ; même ses meilleurs amis étaient sans nouvelles. Des rumeurs coururent. On disait qu'il avait quitté l'Europe, qu'il peignait des toiles à New York, qu'il s'était marié à une héritière russe ou qu'il était chercheur d'or en Afrique du Sud. En réalité, les choses étaient moins pittoresques : Mandelieu avait rencontré Dieu, et s'était retiré dans une communauté religieuse du nord de la France. Après six ans de réclusion, ayant fait vœu de discrétion, il s'était installé dans un village du Brabant pour y mener une vie pieuse, frugale et agricole.

La plupart du temps, il était en paix avec lui-même dans sa nouvelle existence, et regardait ses péchés de jeunesse – notamment ses livres – comme des chemins détournés vers sa félicité actuelle. Mais parfois, il entrait dans d'incroyables crises nerveuses, et ne supportait pas l'idée qu'il avait écrit ses livres, ces récits obscènes et impies, si peu conformes à l'idéal évangélique. Il se mettait alors à courir le pays à la recherche de tous les exemplaires de ses romans pour les détruire. Il finissait en pleurs dans les bouquineries et, aux libraires incrédules qui le consolaient dans leur épaule, il décrivait son drame : comme il serait heureux dans sa vie d'ascète, si seulement il parvenait à oublier qu'il avait écrit !

*

Gould termine toujours ses conférences sur l'oubli avec le cas d'Enrique Folzano, un écrivain espagnol de second ordre qui, à la fin des années 1930, se suicida quand il découvrit que ses lecteurs oubliaient systématiquement ses livres après les avoir lus.

Ses premiers romans, dans le genre policier, n'étaient pas trop mal fichus ; on les oubliait quelques heures après la fin, mais tout de même pas en cours de lecture. Mais les suivants, qui tenaient davantage du drame social, s'oubliaient au fur et à mesure qu'on les lisait – « de l'oubli en flux tendu », comme dit Gould. À la page 3, on était incapable de dire ce qu'on avait lu à la page 2 ; à la page 4, on avait oublié la page 3 ; et ainsi de suite.

« Folzano n'est pas sans présenter des similitudes avec Martelain, commente Gould. Le premier écrivait des livres qu'on oubliait page après page, le second des débuts qu'il oubliait jour après jour. Les livres de Folzano autorisaient une page de mémoire au lecteur, le cerveau de Martelain un jour de mémoire à l'auteur. Ce sont deux variantes du même problème. Mais alors que Ferdier a donné à Martelain la solution du sien, à savoir écrire des textes très courts, personne n'est venu en aide à Folzano, qui n'aurait dû écrire que des textes d'une page, pour ne pas excéder le très faible intérêt qu'il pouvait obtenir de son lecteur. Et il est mort sans y avoir pensé. »

Après un silence méditatif, Gould me confie qu'il a très peur, quand il prononce sa conférence, d'être atteint du syndrome de Folzano : il parle, il parle, et son auditoire oublie son propos au fur et à mesure qu'il le prononce. Mais à la fin, Gould retrouve sa tranquillité d'esprit en entendant les applaudissements du public qui, chaque fois plus vifs et nourris, démentent son appréhension.

Dix villes (I)
Goran, en Silésie

On parle trois langues à Goran, qui toutes dérivent du polonais et qui sont presque semblables. Entre elles, quatre-vingt-dix pour cent du vocabulaire est identique, ainsi que tous les noms propres ; seule la conjugaison diffère notablement – et encore, pour certains verbes seulement. D'une manière générale, les trois langues sont donc compréhensibles par tout polonophone, qui ne verra pas beaucoup de dissemblances avec le polonais-souche : entre Goran, Varsovie et Katowice, on parle *grosso modo* la même langue. Les habitants de Goran entre eux, en revanche, ne se comprennent pas du tout. Tout se dit et s'écrit presque de la même manière dans leurs trois langues, mais un blocage mental fait que chacun n'en parle qu'une, et refuse d'entendre les autres. En mathématiques, on dirait que Goran viole la loi de la transitivité : si P est un locuteur polonais quelconque, g_1, g_2 et g_3 les trois variantes parlées à Goran, et si P comprend aussi facilement g_1 que g_2 et g_3 ($P \approx g_1$, $P \approx g_2$ et $P \approx g_3$), alors les locuteurs de ces variantes devraient se comprendre aussi ($g_1 \approx g_2 \approx g_3$). Sauf qu'à Goran, non. Gould m'a décrit quelques-unes des curiosités qui découlent de cette situation ubuesque au retour du séjour qu'il a fait là-bas l'an dernier.

« À Goran, tout est écrit dans les trois langues : les plaques de rues, les enseignes, les menus, tout. Mais comme ces trois langues sont presque identiques, les inscriptions sont souvent les mêmes :

– Au fronton de la mairie, on lit "*Merostwo, Merostwo, Merostwo*", autrement dit "mairie", mais en trois langues ;

– Dans la rue, les autobus qui vont au stade indiquent "*Stadion, Stadion, Stadion*" ;

– Dans les restaurants, "*Ryba, Ryba, Ryba*" (poisson), "*Kurczak, Kurczak, Kurczak*" (poulet), "*Szynka, Szynka, Szynka*" (jambon) ;

– Et ainsi de suite.

Il est très rare que les mots diffèrent. Mais s'il en manque un dans l'une des trois langues, ceux qui la pratiquent s'affolent, et prétendent qu'ils ne comprennent rien à ce qu'ils lisent – alors que le mot qu'ils utilisent couramment est écrit deux fois ! Un jour, j'ai croisé un homme qui cherchait l'hôpital. Il se tenait devant un panneau : "*Szpital, Szpital*". Cela aurait dû le renseigner, mais voilà : il manquait *szpital* dans sa langue. Donc, il refusait de comprendre et, anxieux, il feuilletait fébrilement son dictionnaire (on en transporte toujours un avec soi) en quêtant l'aide des passants d'un regard désespéré, pour savoir si "*szpital*" signifiait bien "*szpital*" dans sa langue.

Dans ces conditions, je ne vous le cache pas, la vie à Goran est un spectacle. Dans la rue (*ulica, ulica,*

ulica), les gens s'interpellent en trois langues identiques mais ne se comprennent pas. Sur les marchés (*rynek*, *rynek*, *rynek*), les bonimenteurs vantent trois fois les mérites de leurs produits, en répétant trois fois la même chose. À la radio (*radio*, *radio*, *radio*), des présentateurs se relaient pour dire le journal en trois langues identiques – à d'infimes nuances près, qu'une oreille non exercée ne perçoit jamais.

Mon ami Jerzy m'a raconté que son grand-père, qui vivait à l'étage de la maison familiale et qui, comme certains vieillards, connaissait les trois langues, prenait soin de jurer dans celle que ses petits-enfants ne parlaient pas. Les jurons sont pourtant communs aux trois ; mais dans la maisonnée, personne à part lui ne les comprenait quand il les disait dans une autre langue. Jerzy et ses frères n'ont donc appris des gros mots qu'à partir du moment où ils ont fréquenté l'école, auprès de leurs camarades, sans se rendre compte que c'étaient les mêmes que leur irascible grand-père hurlait à travers les murs depuis leur naissance. »

Gould m'a aussi parlé de la gloire locale de Goran, un poète nommé Dawid Wojewodzki (1900-1973). Ses livres sont lus par tous les Polonais, qui s'accommodent très bien des particularités qui différencient parfois son vocabulaire du leur. Wojewodzki y chante sa ville et les campagnes qui l'entourent, disant qu'il voudrait vivre là pour toujours et continuer d'y rôder comme un fantôme après sa mort. À Goran, Wojewodzki est une sorte de héros, adoré par la population. Le paradoxe, c'est que deux habitants sur trois n'entendent rien à ses textes. Il a fallu attendre 1977, quatre ans après sa mort, pour qu'une anthologie de ses poèmes soit traduite dans les deux autres langues. Aujourd'hui, son œuvre est disponible dans une belle collection de recueils trilingues, avec pour chaque texte trois versions qui neuf fois sur dix sont les mêmes au mot près.

Notre époque (I)

Depuis quelque temps, rien ne tourne plus rond sur notre planète. Chaque jour surviennent de nouveaux phénomènes, chaque semaine nos sociétés paraissent plus folles. Voici la chronique de quelques-uns des bouleversements qui changent en ce moment la face du monde :
– Les résurrections en masse ;
– La liberté de s'appeler comme on veut ;
– L'échange des corps pendant l'amour ;
– La jonction problématique de réalités parallèles ;
– L'expansion inexpliquée de la surface du globe ;
– Et la découverte d'un élixir de Jouvence.

*

D'outre-tombe

Le 2 février, le célèbre commissaire Jambier mourait à soixante ans d'un cancer à l'hôpital Saint-

Antoine, à Paris. Le surlendemain, on mettait son corps en terre dans le cimetière du village icaunais de son enfance, où il possédait une maison. Le ministre assistait à la cérémonie, et l'Élysée avait envoyé des fleurs. Très émus, les collègues de Jambier lui ont rendu les honneurs selon la tradition, en tirant des coups de feu qui ont résonné jusque dans les fermes éloignées.

Six jours plus tard, Jambier fut pris en stop dans un camion sur la N60, entre Sens et Orléans. Il tenta d'expliquer au chauffeur qu'il était mort la semaine précédente, mais l'autre se contenta de ricaner et le déposa à cinq kilomètres du village où il disait avoir été enterré. Jambier fit la fin du chemin à pied, en se demandant quoi raconter à sa femme.

Son retour provoqua la stupéfaction. Alertés par les habitants, les gendarmes interpellèrent le revenant, l'emmenèrent au poste pour enregistrer ses déclarations puis, perplexes, téléphonèrent au préfet qui annonça sa venue immédiate. Sur place, le préfet constata la matérialité du problème puis se transporta avec les gendarmes au cimetière pour inspecter la tombe, qui évidemment était vide. Après avoir consulté Matignon, il improvisa une conférence de presse à Auxerre et annonça aux journalistes subjugués que le commissaire Jambier venait de ressusciter d'entre les morts, information sensationnelle qui le soir fit la une de tous les journaux.

L'affaire Jambier fut le début d'une longue série de cas similaires, une épidémie de résurrections qui toucha toute la France et s'accéléra au fil des jours. Selon les comptes du ministère, sur les 6 004 personnes mortes en mars, 35 ont ressuscité en avril ; sur les 4 065 mortes en avril, près de 200 ont ressuscité en mai ; sur les 5 000 mortes en mai, 999 étaient de nouveau sur pied en juin.

Des statisticiens extrapolèrent les courbes et conclurent que le nombre de résurrections allait exploser dans les mois suivants, jusqu'à toucher tous les trépassés. En attendant, les heureux élus faisaient l'objet de mille attentions. La population regardait ses ressuscités avec effroi, et avec une certaine admiration. La plupart des gens pensaient que renaître était un privilège accordé par une puissance transcendante dans un but grandiose, et en déduisaient que les intéressés étaient des personnalités exceptionnelles, dotées d'un pouvoir spécial. Flattés et un peu gênés, les ressuscités restaient incertains s'ils devaient leur retour sur Terre au hasard ou à une propriété distinctive de leur personne. Les uns disaient n'avoir rien fait pour revivre et réclamaient la paix, les autres expliquaient avec une modestie feinte que ressusciter était facile, qu'il suffisait d'avoir une bonne hygiène de vie et de beaucoup dormir. Galvanisés, des millions de Français refirent leur testament pour interdire qu'on les incinère, craignant non sans logique que détruire leur corps ne les empêche de revivre après leur mort.

*

Il ne fallut pas six mois pour que le phénomène se banalise, et qu'on se fasse à l'idée qu'une deuxième vie nous attend après la mort – tous les esprits raisonnent aujourd'hui en la prenant pour argent comptant.

Ainsi, on ne pleure plus ses proches ; au mieux, on se demande quand ils reviendront. Les maris dont les épouses meurent se donnent du bon temps, sortent avec leurs collègues et batifolent un peu en attendant leur retour. Il n'y a plus personne aux enterrements : on voit mal l'utilité de saluer une dernière fois son ami alors qu'on passera probablement les prochaines vacances avec lui. Seuls les plus vieux continuent de s'y rendre, pour garder les traditions et parce que aller à la messe est une occasion de voir du monde.

Les maniaques du travail, à qui les docteurs prescrivent du repos, trouvent une excuse dans leur résurrection : ils travailleront jusqu'à leur mort, et se ménageront la prochaine fois. À l'inverse, les jouisseurs disent qu'il y a une vie pour le labeur et une autre pour les plaisirs, et qu'ils ont le droit de les vivre dans l'ordre qui leur convient. Chacun fait ainsi de grands projets pour ce supplément de temps que la nature nous accorde, idéal pour les voyages dont on a toujours rêvé sans avoir jamais le courage de les faire ou pour lire les livres qu'on s'est promis d'ouvrir des décennies durant. À présent, on entend *je lirai Proust après ma mort*, comme on disait jadis *pendant ma retraite*, et *après ma mort* a remplacé dans nos bouches l'expression *sur mes vieux jours*.

Juridiquement, les résurrections posent des problèmes épineux. Les banquiers y ont tout de suite trouvé leur compte, en proposant des emprunts à long terme sur cent dix ou cent vingt ans, étalés sur deux vies. Les juges, les notaires et les professeurs de droit, en revanche, y perdent leur latin. *Quid* des liens juridiques tissés par les ressuscités dans leur première vie : se sont-ils éteints avec la mort, ou subsistent-ils du fait de la résurrection ? Les ressuscités doivent-ils recommencer leur mariage, reprendre un bail et se réabonner au Gaz, ou tout continue-t-il comme si rien ne s'était passé ? Les débats sont passionnés, d'une richesse dont on ne saurait donner l'idée en quelques lignes. Beaucoup trouvent dangereux que la deuxième vie soit une Légion étrangère où l'on repart de zéro, sans être tenu par son passé, car cela encourage l'irresponsabilité. D'autres au contraire trouvent que la résurrection est une seconde chance. Le patronat soutient ainsi que l'intérêt du commerce commande de ne pas reporter sur les entrepreneurs ressuscités les dettes contractées durant leur première vie. De leur côté, les syndicalistes pensent qu'il n'y a aucune raison de reporter sur le ressuscité la fortune du défunt. D'une manière générale, la droite penche pour la conservation des acquis de la première vie, la gauche pour l'idée que la mort doit laver les fautes. Par exemple, disait l'autre jour le porte-parole du parti majoritaire à gauche, un prisonnier mort en prison doit ressusciter libre. Le gouvernement ayant laissé entendre qu'il était favorable à cette idée, des centaines de détenus se sont suicidés dans leur cellule en pensant être graciés à leur retour.

Dans le même registre s'est aussi posée la question de savoir comment punir un assassin dont la victime a ressuscité. D'habiles défenseurs ont profité du trouble des magistrats pour soutenir qu'on ne peut pas condamner un homme pour meurtre alors que la victime se tient là dans la salle, qui suit attentivement les débats. Gêné aux entournures, le ministère public répond que la résurrection ne change rien à la gravité du crime, et qu'elle donne à la cour l'opportunité formidable d'avoir un témoignage de première main. Les chroniqueurs judiciaires commencent toujours leurs papiers par des considérations navrées sur ces procès modernes où les assassinés sont en chair et en os devants leurs assassins. Quant à la police, elle craint que les résurrections finissent par dégoûter les tueurs, et qu'il n'y en ait bientôt plus.

*

Sachant qu'ils ont désormais deux vies à disposition, les gens envisagent l'existence d'un œil neuf, et ne lui accordent plus la même valeur. Pourquoi avoir peur de la mort, si elle n'est plus irréversible ? Les statistiques des suicides explosent : les dépressifs n'hésitent plus à se faire sauter le caisson pour dire au monde la gravité de leur malaise. Les parents n'interdisent plus à leurs enfants sorties ou jeux dangereux, ne craignent plus à tout moment pour eux. Quand les gendarmes ramènent à ses parents l'adolescent turbulent qui a lancé sa mobylette contre un poteau après avoir trop bu, son père le gronde mollement en disant qu'il fera moins le malin quand il sera mort, et qu'il ne le reprendra pas à la maison lorsqu'il aura ressuscité ; sa mère, qui quelques mois plus tôt l'aurait enlacé en remerciant le Ciel, l'envoie distraitement dans sa chambre et prévient qu'elle retiendra la franchise d'assurance sur son argent de poche – « Tu serais bien inspiré de mettre ta deuxième vie de côté pour plus tard, comme ta sœur. »

Le ministre des Finances, lui, s'arrache les cheveux. Il voit revenir chaque jour des vieillards rayés de la liste des retraités, et qu'il va devoir pensionner de nouveau. Il répète que revivre n'est pas gratuit et que les résurrections auront un prix. Au Parlement, on se dispute pour savoir qui doit assumer ces dépenses : les libéraux trouvent que la solidarité a des limites et que les vivants n'ont pas à subventionner les ressuscités ; les socialistes répondent que renaître est un droit et qu'on ne peut pas demander aux vieux morts de se remettre au travail, sauf à les tuer une deuxième fois.

Comme les nouveaux vivants sont en général en bonne forme, presque guillerets – même ceux qui étaient grabataires avant de périr –, des médecins ont conclu que la meilleure manière de soigner certains patients était de les tuer, afin qu'ils reviennent en meilleur état. Tel cancéreux qui souffre le martyre, si on l'assassine, réapparaîtra dans une ou deux semaines avec moins de métastases et de vraies chances de guérison ; à ce gros buveur dont l'organisme est détruit, proposons, plutôt qu'une opération difficile et incertaine, une mort propre et sans douleur qui lui rendra le cœur ragaillardi. La mort n'est plus un échec pour le médecin d'aujourd'hui : pour vivre, il faut parfois mourir.

Parmi les conséquences graves du phénomène, il faut signaler aussi le malaise des gens d'Église, qui après avoir professé durant des siècles les doctrines que l'on sait, ont dû amender le dogme pour tenir compte des événements. Pour ne pas trop perturber les fidèles ni réformer tout à la va-vite, il a été décidé à Rome que les résurrections sont des tolérances consenties pour un temps par le Créateur, et que les prêtres doivent inciter leurs ouailles à la prudence en leur enjoignant de passer leur deuxième vie à laver leurs péchés de la première. Point bénéfique : des millions de mécréants subjugués voient dans les résurrections un signe de l'existence de Dieu, et se précipitent dans les églises en réclamant des baptêmes et des communions – certains entrent dans les ordres. Les messes font le plein, les monastères refusent du monde et les paroisses ont plus d'argent qu'il n'en faut pour rénover les lieux de culte et augmenter le salaire des curés.

Un autre effet spirituel très profond des résurrections, c'est que la mort a perdu une partie du mystère qu'elle possédait jusqu'alors, et qui faisait d'elle le sujet majeur dans l'art et la pensée depuis deux mille ans. On ne sait toujours pas ce qu'il y a après la mort, mais on sait qu'une deuxième vie suit la première ; le problème s'en trouve repoussé, et perd son caractère de priorité métaphysique. Philosopher sur la mort et méditer sur le sens de l'existence est moins urgent. Faut-il s'en réjouir ? Rien n'est moins sûr. La vie jadis nous semblait absurde ; nous pensions que sans la mort elle le serait moins. En fait, c'est le contraire : on découvre que la vie est encore plus absurde sans la mort, et on se prend à regretter le bon vieux temps où mourir était obligatoire, facile et irréversible – le bon vieux temps en somme où mourir était rassurant.

(*À suivre*)

Dix villes (II)
Volsan, en Amérique

En apparence, Volsan est une ville américaine comme les autres : vingt mille âmes, deux églises, des rues droites et un stade. Mais le touriste attentif remarque vite quelque chose. Au début, il ne comprend pas, il cherche, regarde autour de lui, anxieux ; puis il ferme les yeux, et le phénomène lui apparaît alors dans son évidence : il n'y a pas de bruit. On est en ville, mais on se croirait dans un désert. Volsan, c'est la ville du silence, et tout est fait pour préserver ce bien sacré.

Il est interdit de circuler en voiture à Volsan, à moins que la voiture soit électrique et qu'elle produise moins de cinquante décibels, soit le bruit d'un petit lave-linge en marche. Les agents du shérif font leur patrouille sur des chevaux aux sabots garnis de feutre, pour assourdir leurs pas ; obsédés par les bruits, l'oreille aux aguets, ils portent à la ceinture un sonomètre qu'ils dégainent à la moindre occasion. Dans les rues, les magasins et les bâtiments publics, on n'élève jamais la voix ; les gens chuchotent. Quand un habitant se prend les doigts dans une porte, il se mord instinctivement les lèvres pour ne pas crier. Il y a bien à Volsan des disputes et des scènes de ménage, comme dans toutes les villes du monde, mais elles se font à l'étouffée. Selon Gould, elles n'en sont que plus impressionnantes, car tout se joue dans le regard : « J'ai vu des algarades entièrement silencieuses, où l'on se dévisageait froidement, sans un mot, comme si l'énergie qu'on économisait en s'abstenant de vociférer ressortait par les yeux. » Les sols des magasins sont couverts de moquette, les murs bardés de liège ; dans les endroits salissants où moquetter n'est pas possible (boucheries, cafés, poissonneries, salons de coiffure), on offre aux clients des patins de mousse pour qu'ils glissent sans bruit sur les carrelages.

Dans les bars et les restaurants règne un calme surnaturel – surtout pour nous qui sommes habitués au raffut des brasseries. On y passe parfois de la musique, mais en sourdine ; les tables sont nappées d'un tissu capitonné, et les ronds à bière sont en velours. Des bandes de feutre sont collées sur les chambranles des portes et les tiroirs sont munis de glissières à frein. En même temps que sa bière, on peut commander au barman des bouchons de cire ; ils coûtent vingt *cents* la paire et permettent de boire son verre en toute tranquillité, sans être incommodé par les chuchotis paisibles des autres clients. « Ne croyez pas qu'on s'ennuie dans ces tavernes, précise Gould. J'y ai passé d'excellentes soirées, même si je n'ai jamais parlé si longtemps à voix basse – sauf au confessionnal, où il m'arrivait de tenir mon curé en haleine pendant d'assez longs moments. » Quand un client éméché hausse le ton, les autres le rappellent bien vite à l'ordre avec des regards appuyés et des hochements de tête réprobateurs : à Volsan, la pression sociale assure le maintien de la paix. Les arrêtés du maire prévoient des amendes et des peines de prison, mais il est en général inutile d'y recourir. Et si un habitant veut s'adonner à un loisir bruyant, comme le tir à la carabine ou la guitare électrique, il se rend en périphérie de la ville, où toutes sortes d'équipements sont destinés à ces usages : studios pour les groupes de musique, circuits pour voitures télécommandées, salles polyvalentes insonorisées qu'on loue à l'heure pour s'y livrer à ses hobbies. Ainsi va la vie à Volsan : tout est organisé pour que le calme règne, et chacun s'efforce de respecter ce pacte qui soude la communauté – ici, le silence est d'or.

Pour le reste, c'est une petite ville comme une autre. Son amour immodéré de la tranquillité ne l'a pas empêchée de prospérer. Le silence constitue même un facteur d'expansion économique, la réglementation pointilleuse du bruit ayant fait naître une gamme de services qui sont autant de gisements d'emploi. Par exemple, depuis que l'usage de la tondeuse est interdit, quinze entreprises de jardinage ont vu le jour à Volsan, qui emploient des muets pour sillonner la ville et faucher les pelouses à la main. On compte aujourd'hui une centaine de vélos-taxis, cinq magasins spécialisés dans les casques haute-fidélité, et la plus grande usine de double vitrage de la côte ouest. Volsan ne souhaite cependant pas développer trop son activité économique, craignant que l'afflux de travailleurs ne s'accompagne de nuisances sonores et soit fatal à sa qualité de vie. « C'est une ville discrète, les touristes y sont rares, commente Gould. Ceux qui en connaissent l'existence n'en parlent pas – je vous demanderai d'ailleurs de garder tout ceci pour vous. Mais on y trouve quand même de bons hôtels, où j'aime à descendre pour prendre du repos. Pour moi, c'est l'idéal : je jouis à Volsan de tous les plaisirs de la ville, avec le silence de la campagne. C'est même mieux que la campagne : le silence de Volsan est d'une qualité spéciale, parce qu'il est *volontaire*, *artificiel*, conquis de haute lutte contre la tendance innée de notre espèce à faire du bruit. Aussi chacun, conscient de l'effort qu'a nécessité son obtention, lui trouve plus de goût et en profite mieux. La preuve, c'est qu'on ne s'y habitue jamais complètement. Quand je séjourne à Volsan, j'éprouve toujours au réveil un instant de désarroi, incertain si je suis devenu sourd ou si le monde alentour a disparu. Puis je prends conscience que je suis dans la ville du silence : cette paix ne doit pas m'inquiéter, c'est pour elle que je suis venu. »

Une collection très particulière (II)
La littérature et l'ennui

« C'est peut-être, de toutes les sections de ma bibliothèque, celle qui me distrait le plus, dit Gould à propos de cette collection magnifique qu'il ne montre qu'à des visiteurs triés sur le volet. Mon plaisir n'est d'ailleurs pas sans paradoxe : j'ai réuni ici les livres les plus ennuyeux du monde. »

Contrairement à ce qu'on peut croire, les étagères de cette section ne ploient pas sous les volumes. C'est que l'entrée en est bien surveillée : Gould n'y a admis que des œuvres *suprêmement* ennuyeuses, des livres qui incarnent littéralement l'ennui, qui le suintent à chaque page et à chaque ligne ; le tout-venant des livres médiocres, où l'on s'ennuie poliment et qu'on ne finit pas – soit que l'intrigue s'enlise, soit que l'auteur ne sait pas raconter –, ceux-là n'ont pas leur place ici. Pour donner à comprendre ses méthodes de sélection, Gould recourt souvent à la métaphore de l'orpaillage : « La littérature ennuyeuse est comme un limon, dit-il, salissante et dépourvue d'intérêt ; mais en secouant le tamis, on y découvre parfois de l'or – un livre auquel la quantité de bâillements qu'il procure, dépassant le seuil permis, confère une qualité particulière. »

J'ai souvent examiné avec Gould cette section très spéciale – privilège rare, je l'ai dit, car il la montre peu. Je ne me souviens pas de tous les livres dont il m'a parlé, et n'en ai bien sûr lu aucun ; me l'imposer serait absurde, puisque tous sont ennuyeux. Quelques noms d'auteur m'ont tout de même marqué, que voici.

– Albert Mégamnaz était un peintre franc-comtois qui, au milieu des années 1940, voulut approcher le rêve de Flaubert d'écrire tout un roman sur rien. Il jeta son dévolu sur un œuf, sujet dont il se lança le défi de tirer mille pages. Il y parvint, sans tricher : de la première à la dernière de ses mille deux cents pages, *L'Œuf* (il n'imaginait pas d'autre titre) consiste dans la contemplation paisible et répétitive d'un œuf de poule placé dans un coquetier sur son bureau, remplacé toutes les deux semaines par un œuf frais du même calibre. Après avoir publié ce formidable pensum, Mégamnaz rédigea une brochure révélant que le plus dur n'avait pas été d'écrire *L'Œuf*, mais de le relire. « Le pondre – qu'on me passe le calembour – m'a pris un an, à raison de trois heures par jour ; le relire m'en a pris dix, tant je l'ai trouvé ennuyeux. À tous les livres du monde je peux trouver un petit intérêt, même s'ils n'ont pas été traduits – on peut s'amuser à deviner le sens des mots, chercher des ressemblances avec le français, goûter l'exotisme, etc. ; mais à mon *Œuf*, vraiment, je déclare qu'il est impossible de découvrir *aucun* attrait. Même avec la meilleure volonté, on meurt d'ennui au bout de dix lignes. J'ai d'ailleurs cru que je n'arriverais pas à le relire entièrement. Je m'y suis efforcé, et ce fut un tel supplice que je m'en trouve un peu idiot aujourd'hui. »

– Autre cas remarquable : Abdel Al-Malik, écrivain tunisien qui, après une vie d'échecs littéraires en France et au Maghreb, a fini par réunir en recueil les lettres de refus reçues pendant quarante ans. Les lettres types mises à part, toutes lui faisaient savoir qu'aucun des lecteurs entre les mains desquels étaient passés ses manuscrits n'avait pu les lire entièrement ; certains précisaient avoir abandonné à la cinquantième, à la quarantième, à la trentième page – parfois à la première. Le style d'Al-Malik n'était pas en cause, non plus que ses histoires ; mais ses livres souffraient de la maladie mystérieuse qui nous occupe : ils dégageaient un ennui sans nom, un ennui prodigieux. « De sa vie entière, explique Gould, le pauvre homme n'a pas écrit *un* livre qu'on aurait pu lire jusqu'à la fin. Pourtant, il avait réduit ses manuscrits, coupé des chapitres et des dialogues ; puis il s'était mis à la nouvelle, toujours plus court. Mais rien n'y a fait : on s'y emmerdait, passez-moi l'expression, comme on s'emmerdait dans ses romans, et on abandonnait en cours de route. Eût-il écrit des haïkus, le résultat aurait été le même. C'est regrettable, car il prétendait inventer des chutes extraordinaires. Personne n'a jamais pu le vérifier, hélas. »

– En plus extrême, la poétesse suisse Jeanne de la Tournerie (un nom d'emprunt) tient une sorte de record avec *Berges et Sablons*, une plaquette de trente poèmes parue en 1976 à Lausanne. « Aucun ne dépasse les deux quatrains, explique Gould, mais tous sont si ennuyeux qu'on court au suivant avant d'en avoir achevé un seul. » Comme je manifestais mon scepticisme, Gould m'a proposé d'en faire l'expérience. J'ai donc ouvert la plaquette et j'ai lu le premier poème, avec toute l'attention dont j'étais capable ; mais au cinquième vers, j'ai machinalement tourné la page pour aller au poème suivant. J'ai alors pris conscience de mon geste et, surpris, ai levé les yeux vers Gould qui retenait ses ricanements. « Si l'on n'y prend garde, on ne lit *jamais* ces poèmes jusqu'au bout. Et quand on s'y essaye, on doit se concentrer tellement sur son effort qu'on ne sait plus ce qu'on lit. »

On ne doit cependant pas se méprendre sur l'opinion qu'avait Gould de tous ces écrivains ennuyeux : il les aimait, et prenait certains de leurs livres pour d'authentiques chefs-d'œuvre, disant même que dans l'exil il en emporterait sûrement un ou deux. « L'ennui est aristocratique, savez-vous ? Le grand ennui dans les livres est une saveur fine et très rare, repérable seulement par les vrais connaisseurs. » Sa défense de l'ennui m'a toujours laissé dubitatif et je le lui répète chaque fois que, lui ayant demandé s'il a relu récemment l'un ou l'autre de ces livres qu'il dit admirer, je l'entends se récrier et répondre, comme une évidence : « Mais certainement pas ! » Ce paradoxe me semble insurmontable mais Gould s'en accommode et continue de vanter à ses amis ces formidables romans qui ne méritent pas d'être ouverts.

*

Dans la collection de Gould, je trouve *Tel qu'en songe*, d'Henri de Régnier. Étonné, j'interroge Gould, qui répond : « C'est que Régnier a dit lui-même de ce recueil qu'il "a pour sujet l'ennui et qu'il ennuie" – je cite. C'est faux, mais on ne contrarie pas un tel homme. Je laisse donc ce livre parmi les chefs-d'œuvre de ma collection, même s'il n'y a pas sa vraie place. »

*

Un jour que Gould m'avait ouvert sa bibliothèque et que je feuilletais les ennuyeux, j'ai découvert un roman policier qui, à ma surprise, non seulement ne m'a pas ennuyé, mais m'a captivé. (« Captiver » est excessif mais, pour un livre censé vous tomber des mains, c'était inattendu.) Il était signé E. O. Woodford, s'intitulait *Les Wagons du crime* et racontait le détournement par une bande de truands d'un train reliant Norwich à Birmingham. C'était sans prétentions mais bien ficelé, et je l'ai lu en une heure – le dénouement est spectaculaire. Si vous trouvez ce petit ouvrage dans une brocante, achetez-le, vous ne perdrez pas votre argent. Tout surpris d'avoir pu lire ce livre supposé être d'un ennui puissant, je fis part à Gould de ma découverte. « Ah, s'exclama-t-il, c'est que ce bouquin-là n'est pas comme les autres ! S'il est dans ma collection, ce n'est pas pour l'ennui qu'il procure au lecteur, mais parce qu'il a ennuyé Woodford, son auteur. » Et de m'expliquer le cas de E. O. (Eric Oswald) Woodford, pour qui l'écriture était un passe-temps assommant ; chaque fois qu'il se mettait à écrire, il levait vers ses amis un regard de condamné, et soupirait en songeant aux heures de calvaire qu'il allait s'infliger. « Beaucoup d'écrivains renâclent au travail mais, au bout du compte, ils y trouvent de la satisfaction, voire de la jouissance. Woodford, non : jamais il n'a connu un instant de plaisir à sa table de travail ; il s'ennuyait continûment, du moment qu'il ôtait le capuchon de son stylo jusqu'à celui où il le revissait, soulagé. Mais étrangement, cela ne l'a pas empêché d'écrire. Il n'a pas publié beaucoup, évidemment, mais on lui doit tout de même cinq romans policiers et dix nouvelles : vu sa disposition d'esprit, c'est énorme. J'émets deux hypothèses à son propos. La première, c'est qu'il était peut-être un vrai connaisseur de l'ennui et qu'au fond, il *adorait* s'ennuyer. Une sorte de masochiste, si vous voulez. Comme écrire était ce qui l'ennuyait le plus, eh bien ! il n'a cessé d'écrire ; s'il avait trouvé plus d'accablement dans les mathématiques ou la comptabilité, il aurait passé son temps à résoudre des équations, ou à tenir des livres de comptes. La littérature n'était pas pour lui une fin mais un moyen, le moyen ultime de s'ennuyer à cent pour cent. La deuxième hypothèse est l'inverse de la première : c'est que Woodford a été l'écrivain le plus authentique de son siècle, le seul, peut-être, à être possédé viscéralement par le démon de l'écriture : c'était pour lui une torture de chaque instant, mais il ne pouvait pas s'en empêcher. L'eût-elle fait souffrir jusqu'à la mort, il se serait tué. »

Woodford, alors, serait l'antithèse de son compatriote Matthew J. Kneale – Gould sortit du rayon les *Complete Works* de ce dernier. Mort à trente-six ans à Liverpool, sa ville natale, Kneale avait publié dix petits recueils de poèmes qui, aujourd'hui encore, sont très appréciés par les amateurs de romantisme noir à cause de leur tonalité macabre. Tout le monde pense que Kneale était un ténébreux torturé, un poète maudit et malheureux. C'était le contraire : en réalité, Kneale était un garçon joyeux et bon vivant, qui aimait la fête et les filles. Comme il s'ennuyait un peu (sa famille était riche, en sorte qu'il n'avait pas à travailler), il s'adonnait à la poésie, pour meubler le temps. Il écrivait des chefs-d'œuvre comme d'autres remplissent des grilles de mots croisés, sans prétention. J'entends mal l'anglais, mais Gould insista pour me lire quelques sonnets ; leur musicalité me plaît, et je crus Gould lorsqu'il me dit qu'ils étaient profonds. « Je paierais cher, dit-il, pour m'ennuyer dans la vie comme Kneale, et avoir écrit d'aussi beaux poèmes que les siens. »

*

On trouve aussi dans la collection de Gould quelques livres délibérément ennuyeux – Gould les appelle « volontaires » par opposition aux « involontaires » que nous venons de parcourir. Leurs auteurs accordaient à l'ennui une haute valeur littéraire et se sont échinés à produire des œuvres aussi ennuyeuses que possible. Certains y sont fort bien parvenus. J'ai retenu quelques noms : Hubert Malavil, Claude

Viretti, Sidney Breton, Jean-Baptiste Scieaux. Peut-être demanderai-je à Gould de nous en parler un jour. Bien qu'il se soit donné du mal pour rassembler leurs livres, Gould dit les tenir en moins grande estime que les premiers, ceux qui ennuient malgré eux. «Les volontaires ont revendiqué l'ennui, et c'est leur droit. Mais, et là se tient ma réserve, on pourrait attendre d'eux qu'ils soient au moins aussi ennuyeux que les involontaires, qui ont produit malgré eux les joyaux que vous savez; or... ce n'est jamais le cas. »

Notre époque (II)
La grande renommée

Au cours des dernières années, certains intellectuels parmi les plus avancés ont émis l'idée qu'avoir
un nom est une entrave à la liberté, et une source du
malaise dans notre civilisation. Reliquats d'un âge
obscur, les noms sont selon eux une pesanteur, un
carcan, et un grave facteur d'inégalité. Après avoir
changé de sexe, un écrivain transsexuel a ainsi
réclamé le droit de changer de nom à volonté, dans
un livre devenu un best-seller. Des dizaines d'autres
livres ont paru dans le même esprit, avalisant l'idée
qu'on ne sera heureux sur Terre qu'au moment où
le nom ne sera plus forcé pour personne.

Ces théories subversives ont fait leur chemin et ont
touché l'opinion. Il y a deux ou trois ans une minorité de citoyens se déclarait favorable à la possibilité
de changer de nom comme de chemise, et une poi-
gnée seulement était prête à le faire si c'était auto-
risé. De nos jours, ils sont majoritaires. Les grands
partis politiques en ont donc fait une promesse élec-
torale et le nouveau gouvernement, dès son arrivée
aux affaires, a mis la réforme à son ordre du jour.
Après un débat houleux dans les chambres, la

réforme du nom de famille a été adoptée, révolutionnant l'état civil de notre pays. À présent, tout individu peut, dès ses dix-huit ans (seize pour les mineurs émancipés), changer librement de prénom et de nom, et recommencer aussi souvent qu'il le veut, par simple déclaration à sa mairie. Les premiers à profiter de cette liberté furent les intellectuels qui avaient soutenu le projet : pour donner l'exemple, ils s'empressèrent de choisir un nouveau nom, puis défilèrent sur les plateaux de télévision pour afficher l'immense plaisir que leur procurait cette nouveauté. Dans un second temps, ce fut le tour des anonymes qui n'aimaient pas leur nom mais qui, par peur des démarches administratives, n'avaient jamais eu recours aux procédures compliquées que la loi leur offrait auparavant. Couillon, Connard et Crétin firent donc sauter une lettre pour s'appeler Bouillon, Bonnard et Créton ; Têtu, Pouilleux et Peureux choisirent de s'appeler Durand, Laffont et Bernardin.

Mais ensuite, quand ces premiers contingents eurent procédé au changement, les demandes baissèrent. Le gouvernement s'inquiéta, craignant d'avoir fait une réforme pour rien. On commanda des sondages, qui révélèrent que les gens demeuraient favorables à la liberté de changer mais qu'ils n'en voyaient pas bien l'utilité les concernant et, surtout, qu'ils ne savaient pas quel nom se donner pour remplacer l'ancien. Pour que le pli prenne et que la loi soit portée à sa puissance, on lança une campagne de publicité. Sur les murs fleurirent des affiches où des jeunes gens souriants montraient leur carte d'identité avec cette légende : *Et vous, comment vous appelez-vous aujourd'hui ?* Un spot passa en boucle à la télévision, qui montrait un homme âgé informant sa mairie qu'il cédait aux exhortations de ses petits-enfants et qu'il remplaçait son nom par un autre, plus moderne. Une employée aimable l'informait que le changement était enregistré, et qu'il serait effectif à compter de la minute suivante. Ce slogan s'affichait alors : *La liberté de changer de nom s'use si on ne s'en sert pas.*

Incité de la sorte, le peuple de France s'empara massivement de son droit. Les premiers renommés se sentirent des pionniers ; comblés, ils se disaient enchantés d'être libérés de leur nom – le mot « libération » leur venait spontanément à la bouche. Chaque matin, dans les bureaux, des milliers de cadres commençaient leur journée en décollant leur plaque sur la porte et en écrivant à la direction pour en commander une autre ; à leur secrétaire interloquée, ils expliquaient qu'ils ne s'appelaient désormais plus Guillaumet ou Renouvier mais Bonaparte, de Gaulle ou Talleyrand. Admirative, la secrétaire ne tardait pas à passer à son tour en mairie et annonçait le lendemain au nouveau Bonaparte qu'elle-même ne s'appelait plus Boudet ou Laurençon mais Beauharnais ou Montespan. De fil en aiguille, chacun convainquit ses proches, les patrons leurs employés, les locataires leurs voisins, les commerçants leurs clients ; au bout de six mois, la moitié du pays avait changé de nom, et de nombreux Français en avaient déjà porté deux ou trois.

Comme on pouvait s'y attendre, les noms aristocratiques et ceux « qui font riches » furent les plus prisés. On commençait petitement en s'offrant une particule, songeant que c'était assez pour le moment et qu'on restait libre d'ajouter des tiroirs par la suite. Puis la gourmandise venait, et l'on se prenait bientôt pour un personnage du gotha : partout apparurent des Levasseur du Montant de la Mothe-Girardet, des Lefebvre-Morisset du Château d'If, des Charny d'Entremont du Ruisseau d'Espinglet et des Lebel du Villiers de Segonzac-Châtillon. Certains de ces noms ronflants étaient si longs que leurs inventeurs ne s'en souvenaient plus, et qu'ils étaient obligés de les noter sur un papier. Nonobstant, la vraie noblesse était révoltée : ces gens qui se faisaient gloire de perpétuer depuis des siècles un nom ancien découvraient tout à coup qu'une centaine de roturiers se l'appropriait chaque mois de manière légale, et qu'on ne pouvait rien faire contre. Les juges d'instance les déboutaient de leurs procès avec une mine désolée, tout en prenant discrètement en note ces noms historiques qu'ils proposaient ensuite à leur femme afin que le couple les adoptât.

*

Aujourd'hui tout va encore plus vite. Une envie pressante d'un nouveau nom ? Il suffit d'un coup de fil à l'administration. Dans les mairies des grandes villes, un standard est ouvert jour et nuit. On peut s'appeler Nixon le jour et Brejnev la nuit, Swann au matin et Vinteuil à midi, Charlus au goûter puis Guermantes au dîner. Dans les familles, les femmes changent de nom après s'être disputées avec leur mari. Pour faire enrager leur père, les enfants vont le jour de leur majorité enregistrer en mairie le nom d'un politicien qu'il déteste. Dans le peuple, les petites gens prennent le nom du chanteur à la mode, et changent dès qu'un autre monte à l'affiche. Chez la jeunesse, les lycéens prennent les noms des poètes : il y a chaque année trente mille Baudelaire et dix mille Hugo parmi les bacheliers, et toujours un Sartre dans les cafés de Saint-Germain, occupé à lire un roman moderne où il ne se passe pas dix pages sans que tous les personnages changent de nom, si bien qu'on n'y comprend rien.

Il y a désormais des modes pour les noms, comme pour les vêtements. La saison dernière, c'étaient les patronymes bretons ; cette année, les noms chinois. On annonce le retour du maillot deux-pièces et les filles portent de jolis noms italiens qui finissent par *i*, comme Paganini et Balconetti. Les internationalistes se réjouissent qu'on s'approprie des noms étrangers. Mais les amoureux du terroir trouvent qu'on devrait puiser dans le patrimoine national, et craignent la disparition des simples et jolis noms d'antan, comme Petit, Legros et Morin. Certains font la tournée des cimetières de campagne pour constituer une base de données et proposer à des volontaires de faire revivre ces anciens noms bien de chez nous, comparant leur démarche à celle des amis de la nature qui se battent en faveur des espèces menacées.

Soudain redevenues très utiles, les cartes de visite sont remises au goût du jour. On en donne autour de soi pour faire savoir comment on s'appelle actuellement, en disant qu'elle est bonne jusqu'à nouvel ordre. Chacun conserve dans son porte-cartes des dizaines de rectangles en bristol pour les différents noms qu'il a l'habitude d'utiliser. Si on voit sur une carte un nom qu'on trouve joli, on la garde et, dès que son détenteur a tourné le dos, on téléphone à sa mairie pour dire que c'est le nom qu'on prendra désormais. Il ne reste alors plus qu'à glisser la carte dans sa poche et à la réutiliser pour son compte. Certaines cartes changent ainsi quatre ou cinq fois de main dans une journée, avant de se corner et de n'être plus présentables ; selon qu'on tient plus ou moins aux noms qu'elles indiquaient, on les envoie ou non chez l'imprimeur pour qu'il en fasse des copies.

Les plus embarrassés dans cette affaire sont les généalogistes, qui s'interrogent sur la disparition de leur métier. Plus le temps passe, et plus il devient difficile : comment retrouvera-t-on les aïeux d'un homme quand lui, son père et ses grands-parents auront changé de nom cinquante fois dans leur vie ? Les divorces et les adoptions rendaient déjà tout compliqué, mais la liberté du nom tue la profession. Il faudra des années d'enquête pour remonter deux ou trois générations et établir un arbre sera hors de prix ; faire établir le sien sera un signe de fortune.

Dans le même ordre d'idées, les notaires s'arra-chent les cheveux : souvent, au moment d'une suc-cession, cinquante ou cent héritiers sortis de nulle part viennent réclamer leur dû. Comme personne n'est plus capable de démêler le vrai du faux, vu que tous portent des noms différents, ils procèdent par jugements de Salomon, en se fiant à leur instinct. L'avantage, c'est que les futurs défunts sauront à quoi s'en tenir, et qu'ils préféreront dilapider leur fortune que la transmettre à n'importe qui. C'est tout bénéfice pour l'économie.

Le jour où leur métier ne sera décidément plus possible, ces notaires et généalogistes se reconvertiront peut-être dans le *conseil onomastique*, une activité en plein essor. Toutes sortes d'agences spécialisées se chargent aujourd'hui de créer des noms sur mesure pour leurs clients : après quelques tests psychologiques et un questionnaire à remplir, on se voit annoncer avec le plus grand sérieux qu'un prénom irlandais et un double nom russe refléteraient à merveille sa personnalité ; et l'agence de vous concocter sur-le-champ ce nom idéal, à la façon d'un décorateur qui embellit une maison. Sur ce sujet, j'ai écouté avec passion l'interview que donnait l'autre jour à la télévision un philosophe célèbre, très favorable à la réforme depuis le début : « Ce que nous avions hier de plus personnel, notre nom, nous trouvons aujourd'hui qu'il ne l'est précisément plus assez, et qu'il nous en faut un autre qui nous aille davantage. On ne se définit plus selon son nom, on choisit son nom selon ce que l'on croit être soi. C'est selon moi une excellente chose. » L'animateur l'a remercié pour sa brillante intervention mais, au moment de citer le titre de son nouvel ouvrage, un silence pénible s'est installé : le pauvre journaliste, qui se contorsionnait sur sa chaise en lançant à son invité des regards implorants, avait tout simplement oublié le nom actuel de ce dernier, tant il s'en donnait régulièrement de nouveaux. Heureusement, le générique de l'émission a démarré, mettant fin à son supplice et épargnant en secret au philosophe l'aveu qu'ayant beaucoup changé de nom ces derniers mois, lui non plus ne savait plus comment il s'appelait ce soir-là.

(*À suivre*)

Dix villes (III)
Oromé, en Bolivie

Oromé fascine les voyageurs par sa décrépitude, les murs fissurés de ses bâtiments en ruine, les tuiles tombées, les toits qui fuient, les chaussées défoncées et le chiendent qui perce partout le sol. La ville entière semble en débâcle, tout s'y crevasse et tombe en poudre. Les édifices publics sont les plus déla- brés, à l'image du commissariat dont deux corps de bâtiment sur trois sont écroulés ; beaucoup de rési- dences privées ne valent guère mieux et, devant leurs domiciles éventrés que soutiennent des étais d'acier, les habitants démunis ont planté des tentes dérisoires où ils se sont réfugiés, en attendant on ne sait quoi. Oromé n'est pourtant pas une ville pauvre, loin de là ; au regard des standards régionaux, elle est même riche, des mines de zinc assurant sa pros- périté. La plupart des gens mangent à leur faim et, s'il y a des miséreux, c'est en moins grand nombre qu'ailleurs. Pourquoi la ville est-elle alors dans cet état piteux ?

À cette question qu'on leur a mille fois posée, les habitants répondent désobligeamment par des haus- sements d'épaules et des airs dédaigneux, à la limite du mépris. C'est que le fatalisme leur est naturel, et qu'ils ne comprennent pas qu'on puisse ne pas le ressentir comme eux : ils sont tous persuadés que la ville va disparaître, et qu'il n'y a rien à faire pour éviter cela. Ils se laissent donc couler sans réagir, avec un calme et une résignation fantastiques. À Oromé, reconstruire ou réparer n'a aucun sens, et enrayer la destruction en cours paraît absurde, idiot, presque subversif. À quoi bon remettre sur pied un mur, s'il doit s'écrouler de nouveau un jour ? Pourquoi restaurer une maison ? Replante-t-on une graine dans un champ stérile ? Voilà comment on pense à Oromé. Les villes naissent, vivent et meurent, comme les hommes et les animaux ; quand elles sont trop vieilles, les sauver n'est ni possible ni souhaitable, et il faut les laisser à leur sort sans regret. C'est la philosophie profonde de cette ville unique, la seule au monde à se laisser mourir.

« Oromé m'a d'abord fait penser aux villes-champignons américaines pendant la ruée vers l'or, explique Gould, ces villes qui sortaient de terre en quelques jours, laissées à l'abandon tout aussi vite. Cependant la comparaison s'arrête là. Si les villes-champignons mouraient, c'est parce que leurs habitants s'en allaient, attirés par la rumeur de plus grosses pépites, affolés par la découverte de nouveaux gisements. Mais à Oromé, les gens restent : ils se plantent là et assistent passivement au désastre, sans rien faire. J'ai vu un immeuble de trois étages dont l'écroulement était imminent, avec des fissures si larges qu'on pouvait y passer la main ; il menaçait d'emporter dans sa chute un bâtiment voisin, qui était en meilleur état. Eh bien, que croyez-vous que firent ceux qui habitaient là ? Rien ! Rien pour sauver ce qui pouvait l'être pendant qu'il était encore temps. Ils sont simplement sortis de chez eux avec leurs valises, et se sont rassemblés comme au théâtre. Quand l'épave s'est effondrée, entraînant leur maison dans sa chute, ils ont profité du spectacle, en toussant un peu à cause de la poussière, puis ont récupéré quelques objets personnels dans les débris. Ils ont ensuite monté un campement dans les ruines, et continué leur vie comme si de rien n'était.

Depuis mon premier séjour, il y a dix ans, continue Gould, je rêve de retourner à Oromé, voir comment la destruction suit son cours, et combien de maisons sont encore debout. Je me promènerai dans les rues dépavées avec un casque, à la recherche d'un plafond qui tombe, en écoutant craquer les charpentes. Mon visage sera impassible, et même un peu souriant : je ferai comme si tout était normal, en tâchant d'atteindre à l'indifférence des gens du coin. En chemin, je ramasserai des caillasses pour les jeter dans les fenêtres. J'achèterai aussi des bâtons de dynamite pour en faire des fagots que j'allumerai discrètement au pied des immeubles encore droits, la nuit, comme un infirmier dévoué aide à mourir en secret son patient épuisé, en lisant des remerciements dans ses yeux mouillés. »

Invraisemblable Gould

Cérébralité de Gould. Avec les adversaires qui peuvent le suivre, Gould s'adonne aux « échecs transformistes », une variante de son invention où les règles changent selon la position des pièces sur l'échiquier. Quand la partie commence, tout est normal ; mais dès que certaines configurations simples sont atteintes, les fous se mettent à progresser en ligne, les pions attaquent à reculons, la reine marche en crabe, et ainsi de suite – il y a comme cela tout un règlement complémentaire, qui perturbe le jeu habituel. Ces paramètres provoquent des complications sensationnelles : il faut anticiper non seulement ses coups et ceux de l'adversaire, mais aussi les changements de règles qui en découlent.

– Dans ces conditions, les retournements de situation sont spectaculaires, se félicite Gould, et les parties sont passionnantes. L'ennui, c'est qu'elles sont aussi un peu plus longues, car il faut réfléchir davantage.

Cette formulation pudique signifie qu'aucune des parties d'échecs transformistes jouées simultanément par Gould n'est achevée, la plus ancienne remontant à trois ans et se poursuivant à raison de huit heures hebdomadaires.

– Et combien de coups a joués chaque adversaire, en trois ans ?

– Six.

*

Gould inventeur. Un jour que j'attends Gould dans son bureau, j'avise une machine à écrire ancienne où est insérée une feuille vierge. Le bruit de ces engins m'ayant toujours plu, je ne résiste pas à l'envie de frapper quelques lettres au hasard. Non sans surprise, je constate alors en examinant le résultat que j'ai sans le vouloir écrit deux mots : *Nous apprenons*. Je recommence, toujours au hasard, et en fermant les yeux. Les rouvrant, je lis trois autres mots : *très peu ici*. Je comprends alors que cette machine ne tourne pas rond, et me mets à taper à toute vitesse, n'importe comment ; une phrase entière en résulte, avec la ponctuation : *Nous apprenons très peu ici, on manque de personnel enseignant.*

– Ah ! s'exclame Gould en arrivant. Vous avez trouvé ma machine !

Il se frotte les mains.

– Vous faites en ce moment l'expérience grisante de l'écriture d'un chef-d'œuvre, dit-il. Alors : comment vous sentez-vous ?

– Mais de quoi parlez-vous ?

Il m'explique son invention.

– Les mots que vous avez tapés sont le début de *L'Institut Benjamenta*, de Walser. J'ai conçu cette machine de sorte que ce sont toujours les mots d'un chef-d'œuvre qui s'écrivent, quelles que soient les touches enfoncées. Ainsi, grâce à elle, vous pouvez vous asseoir à votre table et, sans fatigue, pondre un chef-d'œuvre en un après-midi. Et il n'y a pas que Walser ! J'ai toute une série de programmes !

Gould appuie sur un bouton de la machine ; on entend le bruit d'un ressort, et une cassette métallique s'éjecte sur le côté. Il la replace dans le tiroir de son bureau, à côté d'autres dont il énumère les contenus :

– J'ai un Conrad, un Montherlant, deux Borges, un Chardonne, un Bierce et un Proust. Tenez, essayons le Proust, c'est tout à fait amusant.

Il insère la cassette Proust dans la machine et me prie de me mettre au travail. Par facétie, je n'enfonce que des lettres rares, comme le *k*, le *z* et le *w*. Au-dessus de mon épaule, Gould déchiffre lentement :

– *Longtemps, je me suis couché de bonne heure…* Eh bien, c'est ainsi qu'on commence un chef-d'œuvre !

Et il éclate de rire, ravi.

– Un jour, continue-t-il, j'ai passé vingt-sept heures d'affilée sur ce bureau, à écrire *Combray* puis *Un amour de Swann*. Vous ne pouvez pas imaginer mon état : c'était comme une drogue. Je m'étais fait livrer des sandwichs pour manger en travaillant.

Prenant ma place, il tape quelques mots, et je constate qu'il utilise tous ses doigts, comme un vrai dactylographe. Je devine sans lire ce qui s'imprime sur la feuille : *Parfois, à peine ma bougie éteinte…*

Gould m'explique les raffinements qu'il compte apporter bientôt à sa machine.

– Évidemment, pour l'heure, elle est assez rudimentaire. On aboutit tout de suite au résultat final, sans les brouillons ni les ratures, les surcharges de labeur qui mènent au texte définitif. C'est gratifiant, mais peu réaliste. Je travaille à ce problème. Bien sûr, vous me direz qu'aucune machine ne reproduira jamais les différents stades de la conception d'un texte comme *Combray*, et vous aurez raison ; mais quand même, on peut regarder les manuscrits et, sans chercher à reconstituer la genèse entière du livre, élaborer une approximation du processus, un résumé. Ainsi, un jour, ma machine débitera tranquillement *La Recherche* comme Proust l'a plus ou moins écrite, avec des retours en arrière, des corrections et des hésitations, et tout un travail passionnant de composition des fragments.

Pensif, je me demande si cette recherche laborieuse de la vérité sera compatible avec le plaisir instantané à la base de l'invention de Gould. Sa machine est amusante parce qu'elle permet de se donner sans efforts l'illusion du génie ; mais si elle fait passer l'utilisateur par les mêmes affres de la création que les auteurs eux-mêmes, voudra-t-il s'en servir ? Je garde cependant cette question pour moi et me contente de remarquer que Proust utilisait de l'encre et une plume, pas une machine à écrire. Gould répond par un clin d'œil, et dit avoir d'autres projets dans ses cartons. Je suppose qu'il songe à un stylo qui écrirait *La Recherche*, sans pouvoir imaginer en quoi il consisterait ni comment il fonctionnerait. Depuis cette conversation, d'ailleurs, pas de nouvelle. Il faudra lui demander où il en est.

*

Flair infaillible de Gould. Scène habituelle pour qui fréquente Gould : on se promène avec lui quand, sans prévenir, il s'immobilise, frappé de stupeur. Il réclame le silence, le nez au vent, et renifle avec l'allure comique d'un chien à l'arrêt. Après quelques secondes, le verdict tombe : soit il conclut à une fausse piste et reprend la promenade, déçu, soit il s'illumine, lève au ciel un index triomphal et s'exclame : « Il y a de la littérature, dans ces parages ! »

Il faut alors l'escorter dans sa cavale, qui peut durer une heure : suivant son instinct, il court le long des maisons, pousse des grilles, grimpe des escaliers, inspecte les boîtes aux lettres ; enfin, essoufflé, il se plante devant une porte et affirme : « C'est là. »

Il sonne et, quand il obtient d'entrer (ce qui est toujours le cas, car il a du bagout, à tel point d'ailleurs qu'il s'en va rarement sans qu'on lui ait offert le café), il se met à la recherche de l'objet qui a alerté ses radars. En général, c'est une édition rare dans la bibliothèque, une lettre au fond d'un tiroir, un manuscrit oublié dans une commode. Parfois aussi, c'est simplement l'occupant des lieux qui descend d'un écrivain célèbre et qui possède des photos inédites, ou une femme qui l'a connu jadis et qui peut livrer quelques souvenirs. Pour le savoir, Gould tâtonne, pose des questions, regarde partout, comme un enquêteur. Il est rare qu'il ne parvienne pas à ses fins ; parfois, l'habitant perquisitionné le laisse même partir avec sa découverte, dont il arrive qu'il ignorait la posséder.

Intrigué par ce don sensationnel de Gould, j'ai eu l'idée d'une expérience qui, hélas, n'a pas donné le résultat escompté. Sur l'itinéraire de notre promenade habituelle, j'ai dissimulé le texte d'un roman auquel je travaillais depuis des mois, en me demandant s'il stimulerait ses capteurs. Mon cœur a battu selon un rythme anormal tout au long du chemin, avec une accélération subite quand nous avons approché de la cachette. J'ai guetté avec nervosité la réaction de mon ami, en me demandant à quel moment il ralentirait le pas et commencerait ses reniflements de détection. Mais non ! Il est passé à trois mètres de mon livre sans rien sentir, et en continuant gaiement son bavardage ! Ce fut pour moi une déception atroce, que je m'efforçai de dissimuler tant bien que mal. Le soir venu, je suis allé récupérer mon manuscrit sans odeur littéraire et l'ai jeté au feu.

*

Urgences de Gould. Autre scène vue : Gould dans un dîner se tortille sur sa chaise en serrant les mâchoires, visiblement mal à l'aise ; à la maîtresse de maison qui lui propose discrètement de le conduire à la salle de bains, il répond en chuchotant : « N'auriez-vous pas plutôt une chambre, un crayon et une feuille blanche ? Un poème me vient, que je ne retiendrai pas longtemps. »

*

Généalogie de Gould. Gould avait un aïeul français prénommé Nicolas-Joseph-Marie, qui exerçait au XVIIIe siècle la profession de bourreau. En 1789, il mit ses compétences au service de la Révolution, décapitant à la guillotine les nombreux ennemis du peuple que lui envoyait la justice.

– Connaissant les options politiques des Gould, dis-je en souriant, je suppose que Nicolas-Joseph-Marie est le cygne noir de la dynastie.

– Détrompez-vous, répond Gould. En secret, c'était un traditionaliste fervent, qui vénérait le Roi et se méfiait des Lumières. Mais il croyait sottement que le meilleur moyen de faire échouer la Révolution était d'encourager ses excès. Il coopérait donc avec zèle à la fureur des sans-culottes, donnant aux nouveaux maîtres de la France l'illusion d'un vrai patriote.

Gould se souvient alors qu'il possède une gravure de 1792 montrant son aïeul à l'œuvre, sur la place de Grève. Il fouille un moment dans ses cartons, la trouve et me la tend. J'y découvre un homme occupé à pousser son client dans la lunette, entouré d'une foule nombreuse, avec un détail très choquant qui me saute immédiatement aux yeux.

– Mais il n'a pas de tête, votre aïeul !

– Il était consciencieux, mon cher, comme nous le sommes tous dans notre lignée. La guillotine était une invention récente, et jamais Nicolas-Joseph-Marie n'aurait infligé aux condamnés l'usage de ce matériel sans le tester au préalable sur lui-même.

*

Voisinage de Gould. Gould loue à Londres un charmant appartement sur Covent Garden, minuscule mais si ingénieusement arrangé que deux adultes ne s'y sentent pas à l'étroit. (L'exiguïté avait pourtant ses avantages avec les femmes ; à sa place, remarquai-je, j'aurais fait de ce lieu une garçonnière malcommode, où l'on se touche au moindre mouvement. Mais Gould ne m'écoutait pas, occupé à faire une démonstration de son lit rétractable, de sa bibliothèque à roulettes et de sa kitchenette miniature, conçue spécialement pour le renfoncement ridicule où elle était encastrée.)

Une fois que nous rentrions d'une promenade dans West End, où une méchante averse nous avait surpris, nous croisâmes dans l'escalier un fringant jeune homme qui fit un mot spirituel devant nos vestons trempés. Il avait peut-être vingt-cinq ans ; je remarquai son attaché-case luxueux et ses beaux souliers vernis, pareils à ceux, hors de prix, que je rêvais d'acquérir chez un bottier que Gould, toujours pointilleux sur le vêtement, m'avait recommandé.

Je ne me rappelle plus comment nous occupâmes la journée ; toujours est-il que nous ressortîmes vers vingt-deux heures pour disputer au pub quelques parties de fléchettes. La soirée se prolongea jusqu'à deux heures. Nous rentrâmes fatigués et un peu ivres, et j'étais pressé de m'allonger sur l'excellent canapé-lit que Gould mettait à ma disposition.

Mais quand nous arrivâmes devant l'immeuble, nous trouvâmes sur le trottoir une sorte de clochard débraillé, couché là comme un sac de paille, manifestement très alcoolisé. Ma première intention – j'admets qu'elle ne m'honore pas – fut d'enjamber cet ivrogne et de le laisser à son sort. Mais Gould, charitable, se précipita pour le secourir.

– Aidez-moi, voulez-vous ?

Suivant ses instructions, nous le relevâmes et l'installâmes comme nous pûmes dans le hall, sous les boîtes aux lettres. Le pauvre hère marmonnait des phrases incompréhensibles et bavait sur son col.

– Au moins sera-t-il au chaud, commenta Gould.

J'observai les dégâts causés à cet homme par sa vie de débauche. Il devait avoir cinquante ans, mais il en paraissait vingt de plus. Ses joues rougies étaient couperosées, son menton tout piqué de boutons. Il avait d'horribles gerçures aux lèvres et des poches bleuâtres sous les yeux. Sa seule dignité tenait dans ses vêtements, taillés dans un beau tissu – mais froissés et tachés. Je me demandai qui était assez fou pour donner un si beau costume à un ivrogne.

Gould contempla ce spectacle navrant, puis soupira.

– Vous allez le laisser là ? m'inquiétai-je.

Gould se retourna.

– Que voulez-vous ? Qu'il dorme. Il se réveillera au matin et remontera chez lui.

Je tressaillis.

– Il habite ici ?

– Bien sûr. Vous ne vous souvenez pas ? Nous l'avons croisé aujourd'hui ! Le play-boy du cinquième, avec ses souliers vernis.

Incrédule, j'observai l'épave. Le beau garçon de tout à l'heure ? Impossible !

– Venez, je vais vous expliquer.

Nous montâmes chez Gould, qui prépara une théière et me raconta la vie sensationnelle de son voisin.

Il s'appelait Monroe ; c'était un jeune homme très occupé, courtier chez un marchand d'art. Il était riche et avait bon goût, comme le prouvait sa garde-robe. Le gendre idéal, en somme, n'eût été son alcoolisme. Il buvait tous les jours, et plus que de raison. Jusqu'à la fin de l'après-midi, c'était un garçon travailleur et dynamique, plein d'humour et de savoir-vivre. Mais dès qu'arrivait le soir, il devenait distrait, fébrile et agressif, et se mettait à transpirer. Il se dirigeait alors vers la cuve à bière la plus proche, et la situation devenait irrécupérable. Monroe s'enivrait avec méthode, oubliait de dîner, attendait d'être saoul puis rentrait chez lui dans l'état où nous l'avions vu. Les bons soirs, il était capable de grimper l'escalier à quatre pattes et de gagner son lit. Mais d'autres fois, comme aujourd'hui, on le trouvait affalé sur le trottoir, inconscient. Il cuvait jusqu'au milieu de la nuit, puis se réveillait et rentrait. Le lendemain, tout recommençait.

– Tout ceci serait tristement banal, ajouta Gould, s'il n'y avait pas les effets que produit l'alcool sur sa personne. C'est extraordinaire. En quelques heures, son corps se transforme : il change d'apparence, vieillit, contracte des maladies, respire mal. L'alcool détruit son foie et ses reins à une vitesse record. Monroe double d'âge et devient un vieillard dipsomane, avec tous les stigmates d'une vie d'excès. Vous l'avez constaté : entre cet après-midi, quand nous l'avons croisé dans son état normal (si j'ose dire, car il n'est pas sûr que le principe soit chez lui la sobriété et l'ivresse, l'exception), et cette nuit, il s'est métamorphosé. Et pourtant, c'est le même homme. En douze heures à peine, il est passé par tous les stades de la déchéance, ce qui demande ordinairement des décennies. Jusqu'à devenir le poivrot misérable que nous avons secouru.

– Mais alors, le beau jeune homme…

– N'ayez crainte : il sera de nouveau là demain. C'est le génie de l'alcoolisme de Monroe : la boisson le foudroie en quelques heures, mais ses effets disparaissent presque aussitôt. Monroe résume une vie d'alcool en une seule beuverie, puis dix ans de cure et d'abstinence en deux heures de sommeil. C'est une sorte de démonstration ambulante de ce que c'est que boire, boire vraiment, et un cas unique de désintoxication accélérée, qui lui rend chaque matin son allure juvénile et sa bonne santé.

Gould sirote pensivement son thé.

– Je me suis saoulé une fois avec lui, l'ayant croisé par hasard devant un pub. Et je peux vous dire qu'il ne fait pas les choses à moitié.

– J'imagine.

– Au début, il me faisait penser à Dr Jekyll et Mr Hyde – play-boy le jour, poivrot la nuit. Mais en fait, il ressemble plutôt à Dorian Gray. Monroe est une sorte de Dorian à fréquence rapide, victime d'une variante du sortilège : au lieu que les stigmates de ses vices soient déplacés vers la toile de

Basil Hallward, où ils s'accumulent au fil du temps, ils se manifestent chaque soir sur son propre corps, qu'ils détruisent comme s'il avait gobeloté toute sa vie. Dorian Gray délayait sa turpitude dans l'espace, Monroe condense la sienne dans le temps.

Je trouvai cette analyse intéressante, mais demeurai silencieux. L'ivresse me rend habituellement crédule mais, ce soir-là, je me demandai si Gould ne se moquait pas de moi. Nous nous couchâmes ; je réfléchis avec scepticisme à Monroe et à ses cuites fantastiques, puis tombai dans un sommeil sans rêve.

Je me réveillai vers neuf heures le lendemain. Gould dormait encore et, bon camarade, je descendis acheter pour le brunch quelques-unes de ces pâtisseries anglaises dont il raffole. Dans l'escalier, je croisai le fringant jeune homme de la veille, vêtu d'un beau costume gris. Toute l'histoire me revint alors à l'esprit, et je demeurai penaud devant lui. Comment croire que ce garçon musclé aux allures de steward était le soûlographe anéanti que nous avions secouru la nuit précédente ? Me sentant très sot, je souris stupidement. Il inclina élégamment la tête et s'écarta pour me laisser passer ; mais, comme je le frôlai, il saisit mon poignet et murmura : « Merci », avant de reprendre son ascension d'un pas léger, en courant presque.

*

Voyage de Gould. J'accueille Gould à la gare. Il semble préoccupé et se retourne sans cesse, comme s'il cherchait quelqu'un ; en même temps, il a aux lèvres un sourire étrange, comme s'il s'apprêtait à faire un bon mot. Je lui demande ce qui lui arrive, et il me fait ce récit :

« Dans le train, j'étais en face d'un petit homme chauve et agité. Immédiatement après le départ, il a sorti de sa besace un calepin, une boussole et une carte, qu'il a dépliée comme il a pu sur la tablette entre nous. C'était un vieux document, presque un parchemin ; j'ai reconnu la France. Il l'a examiné avec application, consultant de temps à autre sa boussole. Ensuite, il a fouillé de nouveau dans sa besace ; il en a tiré un compas à pointe sèche qu'il a appliqué sur la carte, parvenant après diverses mesures à un résultat qui apparemment l'a comblé. J'aurais voulu lui demander la signification de tout cela, mais je n'ai pas osé le déranger. Son manège a continué : il a aligné sur la tablette une deuxième boussole, plus grosse, ainsi qu'un instrument compliqué qui m'a paru être un sextant. Transportait-il aussi une sphère armillaire, un astrolabe et un bâton de Jacob ? Deux heures ont passé ainsi, jusqu'à notre arrivée. Nous sommes descendus du wagon ; sur le quai, il a regardé autour de lui avec méfiance, comme s'il débarquait d'une caravelle sur une plage de Saint-Domingue. Je l'ai quitté pour vous rejoindre, en m'arrêtant à mi-chemin pour jeter un coup d'œil derrière moi : il se tenait sur le quai, parmi la foule, et tendait aux voyageurs ses mains chargées de verroterie. Je payerais cher pour savoir d'où il venait. »

*

Une anecdote de Gould. Un matin, je surprends Gould en train de se raser, le visage à demi couvert de mousse. (Il possède un luxueux coupe-choux argenté, ainsi qu'un authentique blaireau en corne de buffle). Il me fait entrer malgré tout et, guilleret, dit que sa barbe le fait penser à une anecdote lue dans Montesquieu, qu'il récite de mémoire : « La princesse du Portugal étant promise à Charles II, il envoya une flotte pour la chercher. On lui manda qu'elle étoit prête à s'embarquer, et qu'on l'avoit fait raser. Il dit qu'il n'avoit que faire de cela et qu'il n'aimoit point le c… rasé. Les ministres, qui craignoient qu'il ne la renvoyât ou qu'il n'en eût du dégoût, ordonnèrent à l'amiral d'attendre jusqu'à ce que son poil fût revenu, et on fit la supputation combien chaque poil coûtoit à la nation. »

*

Loisirs de Gould. Parmi les clubs dont Gould est membre, une sorte de congrégation d'amateurs d'intrigues policières qui se réunit deux fois l'an en France et en Angleterre. Les sociétaires s'y lancent des défis qui les passionnent, et dont Gould m'a expliqué le principe. Par exemple, le maître de jeu décrit une scène de crime de son invention, et demande aux joueurs d'imaginer l'intrigue qu'elle pourrait leur inspirer ; le scénario le plus vraisemblable l'emporte. Ou alors, il choisit un roman policier connu de tous, qu'il faut transformer pour changer le coupable mais en modifiant le moins de mots possible ; le vainqueur est celui dont le texte se rapproche le plus de l'original, tout en donnant la solution la plus différente. Ils ont comme cela des dizaines de jeux, et en tirent un plaisir fou.

Un jour que je lui rendais visite à l'improviste, Gould travaillait précisément sur l'un de ces défis. « Le point de départ, expliqua-t-il, est qu'une baleine bleue de vingt-huit mètres et cent trente tonnes s'est échouée, sans qu'on en sache la raison. Des promeneurs la trouvent un matin d'avril, morte, énorme, dégoulinante d'eau de mer. Chaque joueur mène l'enquête, et doit échafauder un scénario crédible pour expliquer son naufrage. » Surpris par la simplicité de ce cahier des charges, je répondis que cela ne semblait pas très compliqué. « Vous ne m'avez pas laissé finir, rétorqua Gould. La règle dit aussi que le lieu de la découverte est Nans-sous-Sainte-Anne, dans le Doubs, à sept cents kilomètres de l'Atlantique. » Gould lève les sourcils, puis ajoute : « Dans ces conditions, vous comprenez que trouver une explication rationnelle est une autre histoire. » Il renifle, se mouche bruyamment, et ajoute : « C'est le jeu… »

*

Magnétisme de Gould. Visitant Gould à l'improviste, je le trouve occupé à faire sa valise.

– Vous partez en voyage ?

– Bien obligé !

– Obligé ?

– Oui : à cause d'Hernán Zuazo. Il vient voir sa sœur à Paris !

Gould m'explique qu'entre le nommé Zuazo et lui se produit depuis de nombreuses années un phénomène étrange, une sorte de répulsion magnétique qui les pousse à se fuir mutuellement.

– Si nous ne sommes pas séparés par une distance suffisante, nous nous sentons mal, gênés, affaiblis.

– Malades, en somme ?

– Oui, malades. Cela se traduit par des insomnies, des bouffées de chaleur, des troubles de la digestion, de la dépression, de l'apathie. Plus Zuazo se rapproche, plus je vais mal ; dès qu'il s'éloigne, je me sens mieux. C'est pareil de son côté. Idéalement, nous devrions vivre le plus loin possible l'un de l'autre, aux deux extrémités d'une ligne traversant le centre de la Terre. Mais enfin, sans aller jusque-là, une distance de mille à deux mille kilomètres nous suffit, et nous n'éprouvons aucun symptôme tant qu'il demeure sur son continent et moi sur le mien.

– Et si vous vous rapprochez ?

– Comme je vous ai dit : malaises, etc. Nous faisons attention, mais on ne peut pas toujours éviter le drame. Une fois, nous nous sommes retrouvés par distraction dans le même pays – l'Espagne : j'étais en Castille, lui en Galice. Nous souffrions atrocement, sans comprendre pourquoi. Ce n'est qu'au bout de deux jours que j'ai compris : il était tout près, trop près de moi. Et dire que nous prévoyions d'aller à Madrid au même moment !

– Que s'est-il passé ?

– Rien, heureusement : nous avons été bloqués sur nos routes respectives, comme si un champ magnétique nous repoussait pour nous empêcher d'entrer dans la zone critique.

Gould plie une chemise qu'il met dans sa valise, puis ajoute :

– C'est contrariant, car Hernán est un homme charmant, avec qui je m'entends très bien. Le fréquenter est impossible, mais nous nous écrivons beaucoup.

Une collection très particulière (III)
Livres gigognes

Gould : Certains livres contiennent plus qu'ils n'en ont l'air. Vous pensez tenir un roman d'à peine deux cents pages, que vous achèverez en une soirée. Erreur ! Cette minceur n'est qu'un leurre, et ce sont en fait deux mille, vingt mille, deux cent mille pages que vous allez lire ! Dix, cent, mille soirées que vous occuperez, et peut-être toute votre vie !

Moi : Vous parlez de feuilletons ?

Gould : De *feuilletons* ? (*il rugit*). Mais non ! Non ! Il ne s'agit ni de feuilletons, ni de romans-fleuves, ni de sagas ni de fresques. Les livres dont je parle sont à la fois finis et infinis, brefs en apparence mais immenses en réalité. Ce sont des livres *gigognes*, comme ces poupées russes qui contiennent toujours plus que ce qu'elles montrent. On peut lire certains d'entre eux sans deviner leur richesse cachée, et les refermer sans savoir à côté de quoi on est passé. Ce sont les meilleurs : ils gardent leurs secrets avec une jalousie comique, jusqu'à ce qu'un lecteur astucieux les perce à jour. D'autres livres gigognes en revanche préfèrent la franchise, et annoncent ouvertement la couleur en indiquant d'emblée leur message. D'autres encore sont à l'équilibre entre ces extrêmes : ils disent bien qu'il y a un double fond, mais ils ne donnent pas la méthode pour y accéder. Enfin, vous l'avez compris, mes préférés sont les premiers, les muets, qui se laissent lire sans piper mot et qui ne vous mettent jamais sur la piste. Les démasquer est un plaisir exquis, et un motif de fierté auprès des bibliolâtres dans mon genre.

Comme je ne comprends toujours pas ce que sont ces fameux « livres gigognes », Gould entreprend de m'éclairer.

Pour commencer, il me fait voir un ensemble de romans signés Paul Laspallières (1880-1955), treize livres écrits et publiés entre 1904 et 1954 – « cinquante ans exactement, insiste Gould, chiffre rond qui confirme ma conviction qu'il avait tout prévu dès le début ». En apparence, Laspallières a mené une carrière littéraire normale, commencée par un petit roman banal dans la manière de Flaubert puis continuée par des livres plus personnels, parfois même originaux, et terminée avec trois fresques sophistiquées et hermétiques, influencées peut-être par le Nouveau Roman. Une chose cependant n'a jamais changé chez lui : tous ses livres sont découpés en paragraphes de dix lignes – jamais plus, jamais moins. Laspallières aimait aussi les personnages récurrents : d'un roman à l'autre, on retrouve toujours les mêmes noms – similarités où il ne fallait selon lui chercher aucun message, et qu'il imputait à sa fainéantise. (« Quand je tiens un personnage, je lui fais rendre tout ce qu'il peut. »)

Mais en réalité, ces récurrences n'étaient pas ano-
dines, non plus que sa façon d'écrire en paragraphes. On s'est en effet rendu compte après sa
mort qu'à côté de ses treize romans publiés, Laspall-
lières en avait écrit d'autres : des dizaines, ou des
centaines, peut-être des milliers. Plus exactement, il
ne les a pas *écrits*, mais c'est tout comme. Les
romans de Laspallières sont *combinables* ; en pio-
chant un paragraphe ici, un autre là et ainsi de suite,
on recompose autant de romans qu'on veut.

« Si les treize romans dans leur état apparent
n'avaient pas fait passer Laspallières à la postérité,
explique Gould, la cathédrale de livres potentiels
dont ils fournissent la matière donne le vertige. Vous
rendez-vous compte ? Du moment qu'il a commencé
d'écrire, Laspallières avait son projet en tête : année
après année, il a créé une œuvre qui s'engendrait
d'elle-même, chaque paragraphe de chaque nouveau
livre étant simultanément un nouveau paragraphe
des précédents, et de ceux qui viendraient après. Il
devait veiller à ce que chaque mot s'emboîte correc-
tement dans son livre en cours, mais aussi dans les
autres, passés et à venir ; tour de force littéraire,
exploit informatique. »

Depuis qu'a été découvert le secret, un groupe
d'admirateurs – dont Gould fait partie – reconstitue
les centaines de romans que Laspallières a écrits sans
les écrire, disséminés par fragments dans ses livres
apparents. « Au fond, commente Gould, il faut voir
ses treize livres non pas comme treize "romans" mais
comme treize propositions parmi les millions possibles. Il nous appartient de matérialiser les autres.

Nous en avons déjà écrit deux cent huit. Il y a là-dedans des polars, des romans d'aventures, un essai philosophique dialogué et, même, trois petits livres pornographiques que j'ai personnellement recomposés en prélevant dans les romans de Laspallières les passages les plus torrides. Évidemment, leur qualité est inégale ; certaines combinaisons sont approximatives, et donnent des textes mal ficelés. Mais d'autres, croyez-moi, produisent des résultats excellents, meilleurs, même, que les matrices, autrement dit les treize combinaisons retenues par Laspallières. Cela confirme mon idée que leur publication n'était pour lui qu'un mode d'exposition de son matériau, pas un aboutissement ; un moyen, non une fin. »

Gould me fixe un instant, et plisse les yeux. « Je sens venir votre remarque : nous pourrions entrer les paragraphes de Laspallières dans la mémoire d'un ordinateur, puis laisser la machine régurgiter à notre place l'ensemble des combinaisons possibles. Il ne lui faudrait que quelques minutes, là où nous autres qui travaillons à la main en aurons pour des années. N'est-ce pas ? »

Je me défends de penser une chose pareille ; mais Gould continue :

« Ce serait évidemment plus facile, et cela nous épargnerait bien de la peine. Mais ce serait, je crois, trahir l'intention de Laspallières. S'il nous a donné ces milliers de romans possibles, ce n'est pas pour que nous les passions à la moulinette d'un ordinateur et que nous les traitions comme des données bancaires. Combiner les paragraphes de Laspallières n'est pas un travail d'automate, mais un travail d'érudit, voire d'écrivain. Ce n'est pas un labeur, c'est un art. Il faut du flair, du tact, le sens du récit ; la beauté de notre entreprise tient dans la recherche patiente et hasardeuse du paragraphe qui succédera le mieux au précédent. Un ordinateur vous crachera cent mille romans sans hiérarchie ni révision des coutures entre les tissus combinés – ces petites améliorations que nous apportons aux textes pour qu'ils soient les meilleurs, comme changer le temps d'un verbe ou supprimer une répétition. Oui, je le dis : combiner du Laspallières, c'est être un écrivain. C'est dans cet esprit qu'il a conçu son œuvre : comme une bibliothèque ouverte où les hommes de bonne volonté peuvent puiser pour écrire, dès lors qu'ils ont du courage, du caractère, et un peu de talent. »

*

Deuxième exemple : *Matins frais*, roman du Suisse Ferdinand Hercule, début des années 1940. « À première vue, explique Gould, ce livre n'a rien d'anormal. Vous laisserais-je l'examiner dix minutes, ou même une heure, que vous n'y verriez qu'un roman comme les autres. Vous auriez sans doute du plaisir à le lire, car son style est bon et son humour plutôt fin – c'est en tout cas mon opinion et, comme vous le savez, j'ai l'immodestie de croire que mon jugement n'est pas sans valeur. Bref, ce livre ne vous paraîtra singulier d'aucune manière, et vous vous demanderez pourquoi il a sa place dans ma bibliothèque. »

Je feuillette *Matins frais*, avec le vague espoir de percer son secret avant que Gould ne le dévoile.

« Moi aussi, continue Gould, j'ai trouvé *Matins frais* banal, comme vous. C'est un bouquiniste excentrique, qu'on appelait "le Baron", sans que j'aie jamais su pourquoi, car il n'était pas noble – il est mort depuis des lustres, paix à son âme –, c'est le Baron, donc, qui me l'a vendu comme une affaire exceptionnelle mais sans m'en dire davantage, au prétexte qu'il voulait me donner le plaisir de la découverte. Je me suis laissé convaincre, et je l'ai emporté au prix fort. Le lire m'a pris deux heures. Ne lui ayant rien trouvé de spécial, je l'ai relu. Rien. Troisième lecture, tout aussi vaine. Alors je me suis agacé, au point d'aller demander des comptes au Baron. Il a bien ri, fier de son coup, puis il m'a montré en quoi, malgré mes trois lectures, j'étais passé à côté de *Matins frais*. »

Gould fit une pause, pour ménager le suspense.

« Ce petit roman apparemment anodin, donc, est en réalité le plus extraordinaire livre gigogne jamais écrit ; il impressionne moins, au premier regard, que les treize romans de Laspallières, parce qu'il est plus discret, mais je le crois supérieur, à la fois dans l'intention et dans la réalisation. Il est à ce jour le fleuron de ma collection. Je peux même dire que je ne suis pas sûr d'en avoir fait le tour. »

L'histoire de *Matins frais*, celle qu'on lit et à quoi, si l'on n'est pas attentif, on croit qu'il se réduit, n'est que l'écorce du livre, sa surface visible. « De même qu'il y a sous nos pieds toutes sortes de couches géologiques, des roches et du minerai, il y a sous ce roman des strates invisibles auxquelles on n'accède qu'en creusant. » Sous le roman donc, d'autres romans, des nouvelles, des essais, des prières, des poèmes, des calembours, des jeux de mots, toute une variété de textes invisibles – Gould les appelle *sous-livres* – dont Hercule n'a pas donné les clefs, laissant au lecteur le soin de les trouver. « Le premier sous-livre que m'a montré le Baron est assez facile : on le découvre en ne lisant qu'un mot sur deux. C'est une deuxième histoire, avec les mêmes personnages, mais tout à fait différente de la première. Le style en est plus heurté, mais elle est à mon avis plus profonde. Ensuite, le Baron m'a révélé que les premières lettres des pages paires formaient des acrostiches. Puis, après m'avoir ouvert ces deux portes, il m'a laissé deviner les autres. »

C'est ainsi que Gould lit et relit *Matins frais* sans arrêt depuis quinze ans, en y trouvant chaque fois de nouveaux secrets :

– Des sonnets (en prélevant le premier et le dernier mot de chaque page, le découpage en chapitres signalant les sauts à la ligne) ;

– Des lipogrammes (pas un seul P dans le chapitre XI, qui compte vingt-six pages) ;

– Des textes cachés, en ne lisant qu'une lettre sur deux ou sur trois selon les pages – parfois au sein de la même page, avec différents résultats selon qu'on en lit une sur deux, sur trois, et même sur quatre (raffinement suprême page 201 : les quatre textes obtenus racontent la même histoire selon quatre points de vue différents) ;

– Des dessins érotiques, en reliant au crayon tous les *q* d'une double page ;

– Et ainsi de suite.

« Nous sommes un petit nombre dans la franco-phonie – traduire *Matins frais* est évidemment impossible – à savoir ce qu'il y a derrière l'histoire, et à chercher de nouveaux sens cachés. Nous échangeons nos découvertes lors d'un symposium annuel ; ceux qui lèvent les plus gros lièvres sont applaudis comme des héros. À ce propos, je ne résiste pas à l'envie de vous dire que j'ai fait trois fois, pas moins, l'admiration de mes confrères : la première en découvrant un petit essai sur la mort niché dans les pénultièmes lettres de tous les mots de l'œuvre ; la deuxième en démontrant l'erreur de l'un de nos prédécesseurs, qui prétendait avoir identifié une nouvelle dans la diagonale nord-ouest / sud-est des pages impaires (ce qui ne m'avait pas convaincu car cette prétendue nouvelle se terminait en queue de poisson, alors qu'Hercule mettait un point d'honneur à ce que ses textes dissimulés soient parfaits) ; la troisième enfin, dont je ne suis pas peu fier, en prouvant qu'Hercule a couché dans les trente dernières pages son testament, qu'on déchiffre en lisant le premier mot de la dernière ligne, puis le deuxième de l'avant-dernière ligne, puis le troisième de l'avant-avant-dernière, etc. Le notaire d'Hercule a authentifié ma trouvaille, et c'est pour moi une fierté qui dépasse toutes mes victoires aux échecs. »

Gould sourit, puis continue :

« Ah ! Je vois déjà dans vos yeux la passion de l'orpailleur. Vous mourez d'envie d'accrocher une nouvelle clef au trousseau, n'est-ce pas ? C'est humain, et peut-être possible : il y en a tant dans *Matins frais* que chacun peut se croire un aventurier, et se dire qu'il suffit de passer le livre au tamis pour mettre une pépite au jour. Tenez, je vous prête mon exemplaire. Qui sait ? Peut-être aurez-vous de la chance ! Mais prenez garde de ne pas devenir comme ces lecteurs d'Hercule qui, obsédés par l'idée d'en avoir une à leur nom (on donne à chaque nouvelle clef le nom de son découvreur), se mettent à halluciner, et inventent des algorithmes censés percer les couches profondes du roman. Certains poussent la charlatanerie très loin : au lieu de chercher la clef qui révélera un sous-livre, ils composent ce sous-livre (toutes les histoires du monde peuvent être écrites avec *Matins frais* : il suffit de recombiner les lettres) puis déduisent la clef correspondante, en prétendant qu'elle vient d'Hercule. »

Comme je continue de lire machinalement les premières pages de *Matins frais*, cherchant une clef malgré moi – ce livre m'attire déjà comme un casse-tête chinois –, mon ami me l'ôte doucement des mains et le range à sa place.

« À la réflexion, dit-il, vous le faire lire n'est pas une bonne idée. Vous risquez de finir comme moi, comme nous, les lecteurs d'Hercule. Depuis que j'ai découvert *Matins frais*, je ne lis plus rien sans me demander si l'auteur n'a pas caché des sous-livres dans son livre, s'il ne s'y trouve pas des caves et des souterrains, si je ne devrais pas creuser davantage. À l'affût des sous-textes, je ne lis plus : je scrute, j'examine, je fouille recto verso, en maudissant Hercule qui m'empêche de lire simplement une histoire. »

Dix villes (IV)
Kourmosk, en Russie

Il y a à Kourmosk un quartier nommé Gorad, que ses habitants ont fui sans raison à la fin des années 1940. Sans s'être concertés, ils ont déménagé vers la banlieue, et personne ne s'est installé à leur place. La valeur du foncier a chuté en flèche ; des clochards ont occupé les appartements vides. En quelques mois, Gorad est devenu le quartier des trafics, des bagarres et de la prostitution. Les immeubles mal entretenus sont tombés en ruine. L'électricité fut coupée, puis le gaz et l'eau. Les éboueurs refusèrent bientôt de s'aventurer dans la zone ; les rues devinrent sales, pleines d'ordures et de rats. Les pompiers regimbèrent à leur tour, et de nombreux bâtiments furent ravagés par des incendies. Quant aux policiers, ils ne faisaient plus à Gorad que des rondes rapides et timides, sans jamais descendre de leurs véhicules.

Vers 1970, plus personne dans Kourmosk ne pouvait prétendre avoir mis les pieds à Gorad : le quartier entier était devenu une sorte de cimetière dans la ville, un *no man's land* qui n'allait cesser de grandir.

À partir de 1972, les riverains des avenues autour de Gorad se plaignirent de la proximité du quartier, mécontents d'être les plus proches voisins de cet enfer. À leur tour ils se déplacèrent vers des banlieues lointaines, laissant derrière eux leurs appartements et leurs magasins. Comme c'était prévisible, personne ne voulut racheter les logements vides ; le dernier cercle urbain autour de Gorad se fit engloutir par le trou noir. Les années passant, l'épidémie se répandit comme une onde, touchant des quartiers de plus en plus excentriques. Tant qu'il y avait d'autres habitants vivant plus près qu'eux de Gorad, ceux de Kourmosk étaient satisfaits ; mais quand par suite des vagues de départs ils devenaient les riverains directs de la zone, ils trouvaient tout à coup leur situation intolérable et déménageaient.

Aujourd'hui, en 2012, Gorad est un gigantesque ensemble de plusieurs milliers d'immeubles, habité par une population de marginaux dont certains experts affirment qu'elle dépasse les cent mille. Gorad continue de s'étendre insidieusement vers l'extérieur, comme un désert. Les relevés des géographes sont édifiants :

– En 1967, Gorad s'étendait sur 455 m².
– 1977 : 1 260 m².
– 1989 : 3 445 m².
– 1998 : 8 334 m².
– Aujourd'hui : 20 706 m².

Simultanément, les banlieues ont grandi : plus le centre s'étendait, plus les habitants se sont installés loin de lui. D'immenses zones pavillonnaires sont sorties de terre, la ville dévore les champs comme un nuage de sauterelles. Depuis l'après-guerre, à population constante, la superficie de Kourmosk a été multipliée par cent.

Natif de la ville, le romancier Viktor Tesla a récemment écrit : « J'habite la rue Monslev où je suis né, mais je vais bientôt la quitter – comme tous nos voisins. Je voudrais tenir, faire mentir le sortilège qui veut que les gens partent vers la banlieue, condamnés à une sorte d'exil intérieur. Que se passera-t-il, quand j'aurai déménagé ? Le quartier de Gorad continuera de s'étendre dans Kourmosk, et finira un jour par engloutir ma nouvelle maison. Aurai-je alors le courage de partir encore ? Combien de fois faudra-t-il fuir ? Il faudrait peut-être s'en aller pour de bon, aller à Moscou, Volgograd ou Novosibirsk. La population doit y penser. Avant de vider ce lieu, nous bâtirions autour de Gorad un grand mur de béton pour empêcher la ville morte de s'étendre, comme le sarcophage sur la centrale de Tchernobyl. Sans quoi la contamination sera sans fin : Gorad grossira, et Kourmosk avec. Il faudra construire de nouvelles banlieues, encore et encore. Et puis, un jour, Kourmosk entrera en contact avec les villes voisines, et les envahira ; d'ici quelques siècles, elle couvrira toute la Russie, puis toute l'Europe. L'humanité finira confinée sur une étroite périphérie autour de Gorad. Tout sera avalé, digéré, détruit par cette tumeur. Les survivants, s'il y en a, devront coloniser une autre planète, en priant pour que le pouvoir tentaculaire de Kourmosk se cantonne à la Terre. »

Une collection très particulière (IV)
La section des reniés

Un jour que nous rentrions de promenade, Gould suggéra un détour par le cimetière. Je trouvais que nous avions assez marché, mais il insista. Nous pénétrâmes donc dans la nécropole et, après une marche rapide sous les cyprès, nous nous arrêtâmes devant une pierre où je lus :

Claude Guérard
Érudit
Chevalier des Arts et des Lettres
1886-1970

Comme je demandais à Gould qui était ce monsieur, il me rappela avec agacement qu'on ne donnait pas du « monsieur » aux morts (combien de fois me l'avait-il répété !), et me pria d'observer un instant de silence. Puis il toussota et satisfit ma curiosité :

« Guérard et moi, nous nous sommes bien connus. J'avais pour lui une certaine sympathie ; lui me détestait. Il habitait la Hollande. Vingt ans durant, il m'a supplié de lui rendre un service que je lui ai toujours refusé. C'était un écrivain ; un écrivain modeste, sans doute, mais écrivain tout de même, et pas inintéressant ; ses romans ne sont pas terribles mais ses nouvelles méritent d'être lues, et il a écrit deux pièces de théâtre tout à fait originales. Il avait commencé jeune, à vingt ans, et publié en 1908 un petit roman qui fit du bruit : *Antre pourri* – je vous dirai une autre fois la signification de ce titre. Ce coup d'éclat lui donna une réputation de chien fou ; scandalisée, la bourgeoisie littéraire parlait de lui avec admiration, en se demandant s'il tiendrait les promesses de ce premier livre.

Mais Guérard ne produisit rien durant les années suivantes. En 1914, il fut envoyé au combat dans la Marne. Il en revint avec un moignon à la place du bras gauche et un humanisme tout neuf, au regard de quoi ses principes de jeunesse lui paraissaient malsains. Il renia *Antre pourri*, brûla ses brouillons et commença sa "vraie" carrière. Tout ce qu'il avait écrit et pensé jusqu'à la guerre lui semblait d'un enfant immature et lui faisait honte. Ce sentiment persista, comme un poids sur sa poitrine : qu'on pût encore se procurer *Antre pourri* à présent qu'il l'avait répudié lui causait une gêne ; il craignait que ses nouveaux lecteurs lui demandent des comptes. Aussi, il se mit en quête de réunir tous les exemplaires d'*Antre pourri* pour les détruire, un par un, et effacer les traces de sa jeunesse. Il passa des annonces, offrant sous pseudonyme aux possesseurs du livre de l'acheter pour un prix qu'il augmentait mois après mois. Il acquit ainsi une cinquantaine de volumes qu'il passa soigneusement par le feu. Puis, songeant que peut-être des étrangers l'avaient acheté, il fit des offres dans des journaux belges, allemands, anglais, russes et américains. Son zèle à faire savoir au monde qu'il rachetait n'importe quel exemplaire d'*Antre pourri* – quel qu'en soit l'état – eut pour conséquence d'intéresser les bibliophiles et de faire monter la cote du livre ; Guérard dut dépenser toujours plus pour récupérer la totalité du tirage. »

Gould eut un sourire sarcastique – la mauvaise fortune d'autrui suscite souvent chez lui une joie vicieuse et enfantine – puis il reprit :

« Bientôt, retrouver et détruire ce qu'il restait d'*Antre pourri* en circulation dans le monde devint pour Guérard un second métier, qui empiétait sur l'écriture de ses livres – j'y reviendrai. "Métier" n'est d'ailleurs pas un mot suffisant : il y allait de son honneur, et de sa postérité. Tout en maudissant les bouquinistes qui lui vendaient très cher leurs *Antre pourri*, il leur promettait d'énormes primes pour qu'ils en recherchent d'autres. Deux ou trois fois par semaine, tout le temps qu'il a habité Paris, il faisait "sa tournée" – un circuit passant par toutes les librairies de la capitale, où il fouillait dans les rayons à la recherche d'un *Antre pourri* que le libraire n'aurait pas référencé. Dans chaque ville, il envoyait des émissaires chargés de consulter les catalogues des bibliothèques ; s'ils y trouvaient son livre, ordre leur était donné de le voler et de le détruire – lui-même en vola une quinzaine en France et en Belgique, apaisant sa conscience par des dons anonymes aux établissements spoliés. Bref, Guérard devint un monomaniaque dont la vie était accaparée par l'extermination du fragment de littérature qui portait son nom et dont il n'admettait pas l'existence – *exterminer* est un terme fort, mais je ne crois pas qu'il en aurait employé un autre.

Il tenait le compte des livres détruits, en calculant combien il en restait à récupérer sur les 2 500 imprimés au départ. En 1945, il en avait éliminé 2 470. Il voulut se convaincre que les trente exemplaires manquants avaient disparu dans le chaos de la guerre, brûlés dans les bombardements, envolés dans les exodes ; mais il demeurait frustré de n'avoir pas mené sa quête jusqu'au bout. Par bonheur, il rencontra à cette époque une Hollandaise nommée Anna, dont il tomba amoureux ; il apprit sa langue, l'épousa et partit s'installer avec elle en Groningue. Une nouvelle vie commençait. »

Gould se tut ; il lui restait à me dire comment il avait rencontré Guérard.

« Vous aurez deviné la suite, je pense : je possédais un exemplaire d'*Antre pourri*, et Guérard l'a appris. Comment le livre était entré dans ma bibliothèque, je ne le sais plus ; et comment lui l'a su, encore moins. Toujours est-il que son démon l'a rattrapé, et qu'il m'a écrit pour proposer de me racheter le livre ; son prix était honnête, un homme raisonnable aurait accepté. Mais vous me connaissez : cette aubaine, je me suis empressé de ne pas la saisir. J'ai laissé la lettre sans réponse, pressentant qu'elle donnerait lieu à d'intéressants développements. Un mois plus tard il m'écrivit de nouveau, puis plus tard encore, enchérissant chaque fois. À la quatrième lettre, je répondis que je refusais. La semaine suivante il était

92

chez moi, après avoir fait le voyage exprès pour tenter de m'arracher mon exemplaire. Je résistai, cette fois-là comme la suivante, puis la troisième et la quatrième – car il y eut de nombreuses visites, en plus des lettres, des coups de téléphone et des télégrammes. L'obstination de Guérard forçait l'admiration. Il avait bien des moments de découragement, durant lesquels il me laissait tranquille ; puis il revenait à la charge. Même s'il me laissait sans nouvelles durant six mois, je savais qu'il m'appellerait bientôt pour doubler son offre. Il a même tenté de me voler : un jour, j'ai trouvé ma porte fracturée et mes livres répandus par terre. Lui ou ses hommes avaient fouillé ma bibliothèque, sans savoir que mes livres sont dispersés en plusieurs endroits et qu'*Antre pourri* n'était pas à cette adresse. »

Gould contempla pensivement la tombe de cet homme qu'il aurait pu rendre heureux en lui cédant simplement un livre. « Vous ne l'avez jamais satisfait ? » demandai-je. « Non. Non, jamais. Je m'y suis refusé pour deux raisons. La première, c'est que j'avais fait d'*Antre pourri* le premier volume d'une nouvelle section de ma bibliothèque, la "section des reniés", qui rassemble une collection d'ouvrages désavoués par leurs auteurs – c'est très intéressant, je vous la montrerai. Le livre de Guérard étant ma première pièce, il avait pour moi une valeur particulière – qu'il n'a d'ailleurs pas perdue depuis que j'en ai acquis d'autres qui lui font concurrence ; il reste un fleuron de ma collection, rares étant les écrivains qui ont mis tant d'énergie dans le reniement de leurs écrits, et plus rares encore ceux qui sont allés jusqu'à les détruire. Tout ceci pour vous dire qu'il m'aurait été pénible de me séparer de mon exemplaire, même si les offres de Guérard m'ont fait réfléchir – je suis un peu vénal, comme vous savez. »

Il toussota, puis continua :

« La deuxième raison ne tient pas à moi, mais à Guérard lui-même, que j'ai voulu encourager comme écrivain. En refusant de lui vendre *Antre pourri*, je maintenais son intranquillité, ce sentiment de gêne et d'insatisfaction qui l'a poussé à continuer d'écrire. Retrouver et détruire tous les *Antre pourri* du monde était devenu le moteur de son existence, le principe de sa vie d'artiste ; tant qu'il n'y aurait pas réussi, il serait sur la brèche, torturé – autre manière de dire qu'il demeurerait capable d'écrire, et qu'il écrirait. Sa rencontre avec Anna l'avait un peu détourné de sa folie, et il était prêt, en partant avec elle, à laisser la littérature de côté. Découvrir que je possédais un *Antre pourri* a rallumé la flamme en lui, voyez-vous ? Si je lui avais cédé mon exemplaire, j'aurais asséché les sources de sa créativité, il n'aurait plus écrit une ligne. Je l'affirme donc : grâce à moi, un écrivain s'est maintenu – au lieu de s'éteindre. »

Je voulus intervenir, mais Gould ne m'en laissa pas le temps.

« Je sais ce que vous allez dire : rien ne prouve que Guérard n'aurait pas continué d'écrire. C'est vrai : je ne saurais pas démontrer mon intuition. Mais enfin, des indices confortent mon raisonnement. Qu'on compare la production de Guérard à deux moments, celui où il a vécu paisiblement auprès de son épouse en Hollande, et après, quand il a appris que je possédais un *Antre pourri* : d'un côté, de petits textes de peu d'intérêt, laborieux ; de l'autre, des grandes choses nobles et un peu folles, des poèmes extravagants, des nouvelles baroques écrites à la diable, griffonnées comme si la maison brûlait. Devais-je donc lui rendre son livre, pour qu'il écrive peu et mal ? Ou le garder, pour qu'il écrive d'abondance, et bien ? Alors oui ! J'ai peut-être privé Guérard du confort d'une vie familiale (il a fait trois enfants à Anna) ; je crois l'avoir poussé, malgré lui, à écrire. Sûrement, il aurait cessé d'être écrivain s'il n'y avait pas eu dans sa chaussure un caillou pour le faire boiter ; eh bien ! ce caillou, c'est mon refus qui l'y a mis, et je m'enorgueillis aujourd'hui d'avoir contribué à la continuation de son œuvre. Certains trouveront que j'ai eu sur sa vie un gouvernement anormal, et que je me suis mêlé de ce qui ne me regardait pas. Mais avais-je le choix, compte tenu de mes valeurs – dont je sais qu'elles sont aussi les vôtres ? »

*

Quelques jours plus tard, Gould m'a, comme promis, montré sa « section des reniés », où figure en première place *Antre pourri* de Guérard. Tous les écrivains qui s'y trouvent réunis n'ont pas, comme ce dernier, cherché à éliminer physiquement leurs livres ; d'autres s'y sont pris différemment.

Le plus ambitieux des renieurs fut sans doute Arthur Martelin (1910-1987), qui lui aussi rejeta ses premiers romans après une crise spirituelle. Mais sa

méthode est surprenante : au lieu de laisser simplement ses deux livres dans l'ombre et d'expliquer
qu'il ne voulait plus en entendre parler, il s'ingénia
à faire croire qu'ils n'étaient pas de lui mais de son
homonyme, sans rapport avec lui. Il créa donc un
deuxième Arthur Martelin et signa sous ce nom
d'auteur tout trouvé des romans médiocres, à seule
fin de lui imputer ceux qu'il avait reniés. « Sitôt
qu'il a eu cette idée géniale, Martelin s'est dédoublé,
explique Gould. Il a mené de front deux carrières : la
sienne, dont il prétendait qu'elle avait commencé
vers 1950 avec son premier roman (en réalité le troisième, ironiquement intitulé *Nouveau Départ*) ; et
celle de son vrai-faux homonyme, commencée vingt
ans plus tôt avec les deux romans dont il voulait
faire croire qu'ils n'étaient pas de lui. Et de fait, si
on lui parlait de ceux-ci, il répondait avec un air de
mépris : "Vous vous trompez, monsieur ; ces livres
sont d'Arthur Martelin, mon homonyme. On nous
confond souvent – à mon grand dam, d'ailleurs, car
c'est un écrivain nul." Pour que la mystification
fonctionne, Martelin dut l'alimenter ; régulièrement,
il publiait donc des livres sous le nom de l'autre
Arthur Martelin, qu'il s'efforçait de mal écrire pour
prouver sa médiocrité. Le paradoxe de cette histoire
est que le faux Martelin eut beaucoup plus de succès
que le vrai, au point qu'un éditeur lui proposa de
republier en un volume ses deux premiers romans,
que les lecteurs s'arrachaient. »

Le cas d'Eugénie Laval (1889-1939) intéresse la
psychanalyse autant que la littérature. Poétesse affi-
liée au symbolisme, elle renia en 1930 certains de

ses recueils – non qu'ils fussent moins bons, ni différents de ceux dont elle restait fière ; ce ne fut sans doute qu'une lubie, et Eugénie était incapable de donner des raisons. Ce qui est étrange, et peut-être pas sans lien avec l'irrationalité de ce reniement, c'est qu'il se transforma en oubli : Eugénie, après s'être convaincue que ces recueils devaient être bannis de son œuvre, se convainquit qu'elle ne les avait pas écrits. Lorsqu'on lui en parlait, elle prenait un air étonné et répondait qu'il y avait méprise ; et si on lui montrait son nom sur la couverture, elle rétorquait que c'était un canular. Parfois, elle ajoutait avec colère qu'elle savait tout de même ce qu'elle avait écrit ou pas. Eugénie était sincère : son reniement avait abouti à l'effacement des textes en question, disparus de son cerveau. Elle mourut en paix, certaine de n'avoir écrit que des livres dont elle était entièrement satisfaite.

Hans Menuhin (1900-1970) fut lui aussi un renieur conséquent. À trente ans, ce jeune Berlinois publia un brillant essai intitulé *Théologie renégate*, qui fit date dans la philosophie germanique de l'époque. Un an plus tard, une illumination lui fit cependant comprendre qu'il s'était trompé sur toute la ligne, et que ses conclusions étaient fausses. Il écrivit immédiatement une *Relecture critique de ma « Théologie renégate »*, qui parut l'année suivante. Vinrent ensuite trente volumes qui, tous, approfondissaient la critique de son livre initial : mentionnons *Antithéologie renégate* (1936), *La Théologie renégate renversée* (1939), *La Théologie renégate corrigée* (1945), *L'Erreur fondamentale de la théologie renégate* (1950), *La Théologie renégate, une fable pour enfants* (1951) et *La Trahison des théologiens renégats* (1960). « En somme, explique Gould, c'est toute l'œuvre d'Hans Menuhin qui est un reniement, et c'est pourquoi je l'admire beaucoup. Ce qui m'émeut, c'est que cet homme brillant a consacré le meilleur de sa vie et toute son énergie à réfuter son premier livre plutôt qu'à découvrir de nouveaux concepts. Tout l'effort de son existence a tendu à la destruction de ses premières idées. Faut-il en avoir, de la force, pour demeurer dans sa première intention, sans jamais ressentir un besoin de neuf ! Or, qui lit bien ses livres anti-*Théologie renégate* verra que Menuhin n'y avance rien, rigoureusement rien, aucune idée qui ne réfute point par point son fameux essai. Toute sa vie, il aura fait du surplace. Menuhin n'a donc pas d'œuvre, puisque ses livres ne sont là que pour annuler le premier. Ou alors, si œuvre il y a, c'est dans cette obsession du reniement qu'il faut la chercher. »

*

Parmi les autres merveilles de la section, je découvre un grand cahier dont les feuillets sont vierges. « Oh ! dit Gould. Je ne voulais pas vous en parler mais puisque vous avez mis la main dessus, je puis bien vous en toucher un mot – et tant pis pour l'immodestie. Ce cahier est un roman de moi, et je fais partie grâce à lui de ma propre collection. Je crois, sans me vanter, qu'il s'agit du reniement le plus rapide de toute la littérature reniée : j'en avais conçu l'intrigue dans ma tête, jusqu'aux détails ; les décors étaient prévus, les personnages construits, les dialogues achevés, la première phrase longuement mûrie, de même que la dernière. J'ai tourné et retourné tout cela dans ma tête pendant des semaines, avant de me rendre à l'évidence : c'était mauvais, très mauvais. Si mauvais que je l'ai renié dans l'œuf, avant même de l'écrire. Quel record, hein ! »

Dix villes (v)
Port Lafar, en Égypte

À Port Lafar vit un homme appelé Mansour Sorour. Ancien chauffeur de taxi, il a roulé quarante ans dans les rues de sa ville, où il est né et qu'il connaît par cœur. Lorsqu'il lui a fallu « raccrocher les gants », selon son expression, Mansour s'est trouvé perdu, et très mélancolique. Il s'ennuyait. Durant les premières semaines, il montait chaque jour dans sa voiture et sillonnait Port Lafar, comme pour se désintoxiquer en douceur. Sur les conseils de sa femme, il s'inventa des hobbies : on le vit dans une salle de billard, au cercle de poker et dans un club de tir. Mais très vite, Mansour se lassa de ces activités. Comme un amant éconduit à qui la vie célibataire semble insipide, il supportait mal de ne plus conduire dans sa ville à longueur de journée, même s'il continuait d'y vivre. Alors, après six mois d'oisiveté, au moment même où son médecin s'apprêtait à lui diagnostiquer une dépression, il eut une idée.

Le 10 octobre 1979, Mansour débarrassa son grenier. Puis, du 11 au 13, il visita des chantiers dans toute la ville pour se procurer des matériaux de récupération. Enfin, le 14, il commença de fabriquer une maquette de Port Lafar à l'échelle 1 / 100. D'emblée, cette entreprise fut pour lui autre chose qu'un passe-temps : c'était une thérapie, et aussi un acte d'amour. Bientôt, il ne vécut plus que pour sa maquette : son Port Lafar miniature l'absorbait complètement. Au bout de deux mois, à raison de dix heures de travail par jour, Mansour avait réalisé une reproduction magnifique, qui fit l'admiration de sa femme et des voisins. Mais lui demeurait insatisfait. Il décida de la détruire pour en construire une nouvelle, plus grande et plus fidèle. Dans son grenier, il abattit les cloisons ; puis, constatant que la surface ainsi dégagée ne suffirait encore pas, il loua un entrepôt désaffecté et y transporta son atelier.

La confection de la maquette n° 2 commença en janvier 1980. Dix ans plus tard, elle n'était pas terminée. Chaque jour, à sept heures du matin, Mansour ouvrait son entrepôt et se mettait au travail. La maquette faisait trente mètres sur vingt ; il se déplaçait au-dessus en position couchée, dans des nacelles mobiles coulissant sur des rails. Petit à petit, sa Port Lafar miniature devenait plus ressemblante, plus précise, plus proche de la vraie. L'après-midi, il quittait l'entrepôt pour revisiter les différents quartiers de la ville, selon un itinéraire établi avec soin ; il traquait les nouveaux arbres plantés par la municipalité, les volets repeints sur les immeubles, les croisements modifiés, et notait tout dans un carnet pour le reporter ensuite sur la maquette, avec un souci extrême de la fidélité. Il se demandait parfois s'il n'était pas fou, reproche que lui faisait souvent sa femme. Cette dernière ne vit d'ailleurs pas la fin du projet de son époux : elle mourut en 1997, alors que Mansour n'avait achevé Port Lafar qu'à soixante-dix pour cent, selon ses estimations.

Bien qu'incomplète, la maquette enthousiasmait les amis de Mansour, qui en parlaient autour d'eux ; de bouche à oreille, toute la ville fut au courant et, face à la demande grandissante, Mansour se résolut à ouvrir une fois par semaine les portes de l'entre-pôt, pour faire découvrir son œuvre au public. Il ne demandait pas d'argent aux visiteurs, mais les priait d'examiner soigneusement la maquette pour lui signaler des améliorations possibles. Sensible aux retombées publicitaires du travail de Mansour, la mairie prit à sa charge la location de l'entrepôt. Quant à Mansour, il se remit à l'ouvrage avec un acharnement redoublé. En finirait-il jamais ? Il lui arrivait d'en douter, car la vraie Port Lafar chan-geait sans cesse ; dans l'idéal, il aurait fallu qu'elle s'immobilise durant quelques semaines, pour qu'il puisse reporter sur sa maquette la totalité des nou-veautés et obtenir une réduction enfin conforme au modèle.

Finalement, le jour de ses quatre-vingts ans, n'y voyant plus très bien et ralenti par les rhumatismes, Mansour décida que son chef-d'œuvre était terminé, et qu'il n'y toucherait plus. Il calcula qu'il avait travaillé pendant vingt-quatre ans, sept mois et huit jours, et le résultat le satisfaisait pleinement.

La mairie se chargea de l'inauguration, qui attira des journalistes de tout le pays. Ce fut un grand suc-cès, et Mansour se sentit très fier en voyant la foule immense admirer respectueusement sa maquette, sur le promenoir en bois dont on l'avait ceinte, en chuchotant des commentaires élogieux.

Parmi tous ces gens, un visiteur retint son attention : immobile et concentré, il scrutait un point particulier, sourire aux lèvres. Mansour craignit d'abord qu'il ait repéré une erreur, puis comprit ce qu'il regardait. L'homme s'approcha et se présenta. Il s'appelait Aboul Gheit, et déclara n'avoir jamais rien vu d'aussi beau. Puis il posa calmement la question qu'attendait Mansour : l'entrepôt où ils se tenaient renfermait une maquette ; mais que renfermait l'entrepôt de la maquette ?

Mansour sourit, amusé par sa perspicacité. Il lui proposa d'attendre la fin de l'inauguration ; puis, quand tous les visiteurs furent partis, Mansour et Aboul franchirent le cordon de sécurité et se penchèrent sur l'entrepôt miniature. Avec précaution, Mansour en souleva le toit ; une merveille apparut alors à Aboul qui, bien qu'il s'y attendît, ne put cacher son admiration. Dans l'entrepôt de la maquette, donc, il y avait une autre maquette, plus petite, qui figurait la première. La première maquette reproduisait la ville, la deuxième maquette reproduisait la première ; Aboul songea qu'il avait vu trois Port Lafar ce jour-là, à trois échelles différentes.

« Vous n'avez donc pas construit une maquette de Port Lafar, mais deux », murmura Aboul. Mansour, jubilant, remua son index en signe de dénégation. De sa poche, il tira une pince de philatéliste, qu'il fit rouler entre ses doigts. Puis, après avoir chaussé ses lunettes, il s'agenouilla et ôta grâce à la pince le toit du minuscule entrepôt, celui de la deuxième maquette. Une troisième maquette apparut : la maquette de la maquette de la maquette. Aboul demeura interdit, et se trouva même un peu sot, comme devant un numéro d'illusionnisme ; les boîtes chinoises de Mansour l'embrouillaient et le fascinaient à la fois, au point qu'il ne savait plus compter les maquettes qu'il avait sous les yeux, encastrées comme dans une gravure d'Escher. L'espace d'un instant, il crut apercevoir dans la deuxième maquette deux Lilliputiens penchés sur la troisième, dont l'un lui ressemblait, et l'autre ressemblait à Mansour. Mais quand il voulut s'approcher pour mieux voir, Mansour remit les toits les uns après les autres et ils remontèrent ainsi à la réalité, la vraie, qui est à l'échelle 1.

Notre époque (III)
Échangisme

Depuis le 1ᵉʳ janvier, la pratique de l'amour charnel produit deux résultats très différents, l'un bien connu et l'autre nouveau. Le premier fait marcher le monde depuis toujours : l'orgasme. Le second est propre à notre temps, et ne s'est jamais vu ailleurs que dans certains récits fantastiques : les corps impliqués permutent. Pour le dire simplement, l'homme se retrouve dans la femme, et inversement. Les premiers à faire cette expérience déconcertante furent les amoureux du jour de l'an, qui s'accouplèrent au retour du réveillon. Fatigués et un peu saouls, la plupart s'endormirent aussitôt après la volupté, sans remarquer rien d'anormal. Le lendemain, horrifiés, ils découvrirent qu'ils habitaient le corps de leur partenaire, comme dans un film d'épouvante. Une panique s'empara du pays ; l'année commençait mal. Toute la journée, des couples hurlant contre les médecins désemparés défilèrent dans les hôpitaux pour récupérer leurs corps. Rappelés dans leurs laboratoires par une alerte du ministre de la Santé, tous les chercheurs, professeurs et biologistes du pays abrégèrent leurs vacances pour étudier le phénomène. Las ! Malgré ce déferlement de science, il n'y eut aucun résultat. Le 3 janvier, la France était au bord de la guerre civile ; le président dut intervenir à la télévision pour conjurer la population de renoncer provisoirement à toute sexualité. Le 4, heureusement, une bonne nouvelle arriva de la Pitié-Salpêtrière, où tous les services étaient mobilisés contre le fléau. Certes, les médecins ne comprenaient pas encore la cause du problème ; mais en observant les couples de cobayes exhibitionnistes qui avaient spontanément offert de copuler devant eux pour aider leurs recherches, ils avaient découvert que l'interversion était réversible : après avoir perdu son corps en faisant l'amour, il suffisait de le refaire pour le retrouver – un simple va-et-vient, en quelque sorte. Chacun pouvait donc reprendre une sexualité normale, sous réserve d'être capable de faire l'amour deux fois de suite pour remettre les choses à l'endroit. La nouvelle fut accueillie avec un grand soulagement et des hourras dans tout le pays.

Depuis cette découverte, la recherche médicale piétine, malgré l'importance des moyens déployés. La vie continue donc tant bien que mal. S'accoutumer au phénomène n'est pas facile ; encore aujourd'hui, certains n'ont toujours pas le réflexe de répéter l'exercice, la première fois pour le plaisir, la seconde pour retrouver son corps. De nombreuses scènes cocasses en découlent. Par exemple, on a beaucoup ri de ce parlementaire conservateur qui, un matin, s'est réveillé en femme de petite vertu – il avait passé la nuit chez elle en ne l'honorant qu'une seule fois – et a constaté avec horreur que cette dernière s'en était allée, profitant de l'aubaine, pour tenir à la chambre un discours scandaleux sur les mœurs. D'innombrables histoires de ce genre courent les rues, qui racontent comment la secrétaire d'un riche industriel a présidé son conseil d'administration, ou comment l'assistante d'un journaliste à succès a présenté le journal à sa place. Tous les Français craignent qu'une telle mésaventure leur arrive. Beaucoup refusent de s'endormir après l'amour, de peur que leur partenaire s'enfuie avant la deuxième tournée ; ils ne trouvent le repos qu'après avoir retrouvé leur corps, et consomment en grandes quantités les pilules fortifiantes vendues en pharmacie pour s'assurer du deuxième passage à l'acte. Quelques-uns trouvent néanmoins que ce frisson de danger rajoute à la sensualité des rapports amoureux, et disent n'avoir jamais tant fait l'amour qu'aujourd'hui. Une minorité enfin juge que la menace de vol fait peser sur l'acte sexuel un risque qui ne vaut pas d'être couru, et ont préféré y renoncer. « Imaginez, disent-ils, si je tombe sur une nymphomane ! Elle se carapatera dans mon corps, puis couchera avec la Terre entière. Au bout d'une demi-journée, je serai habité par n'importe qui. » Ils n'ont pas tort : chaque jour des plaisantins prennent la poudre d'escampette à bord du corps d'autrui. La police est débordée par les plaintes et les juges condamnent à tour de bras, sans trop savoir de quel article du Code pénal relève l'infraction (agression sexuelle ? enlèvement ? atteinte à la vie privée ? vol avec recel ? abus de confiance ?).

Il est impossible de décrire en détail tout ce que l'échangisme – ainsi qu'on a pris l'habitude de l'appeler, en dépit des protestations des échangistes habituels – a bouleversé dans nos vies. Certaines conséquences sont tragiques ; mais la plupart, si on a un peu d'humour, sont plutôt sympathiques. Un seul exemple : la résurrection spectaculaire de deux genres en perte de vitesse, le vaudeville et le film d'espionnage. Tous les soirs, le public se bouscule devant les théâtres pour rire aux brouillaminis qu'imaginent les héritiers de Latulippe et de Feydeau, adaptés à notre temps. Dans les scènes d'adultères modernes, quand l'époux trompé rentre au bercail, ce n'est plus sa femme qui hurle *Ciel, mon mari !* mais l'inconnu viril dans le corps duquel elle est emplacardée ; ulcéré, le cocu doit sommer les amants de refaire l'amour sur-le-champ pour retrouver leur corps, et qu'il puisse congédier le rival. Rires garantis. Au cinéma, l'échangisme donne des intrigues incroyables, où chaque scène de lit s'émaille de délicieux quiproquos.

L'échangisme est aussi devenu un sujet philosophique à la mode. Dès le début, une controverse a opposé les intellectuels. Les uns trouvent que la permutation des corps offre à chacun des libertés nouvelles, et qu'elle annonce l'ère du mélange intégral où hommes et femmes ne formeront plus qu'un. On circulera dans les corps comme dans le métro, en passant d'une rame à l'autre, sans se préoccuper de savoir si on s'engouffre dans un homme ou dans une femme[1]. D'autres répondent que l'échangisme est une catastrophe pour la civilisation, et qu'il annonce plutôt la fin de l'humanité. Les premiers se rangent derrière le psychanalyste Jacques Malouin, auteur du best-seller *Donne-moi ton corps et prends le mien*. Les seconds sont emmenés par l'historien franco-américain Norman J. Berton, dont le livre *Chacun chez soi*, manifeste pour la propriété par chacun de son corps, fait fureur en librairie.

Quant à l'opinion, elle oscille entre ces extrêmes, incertaine si c'est un bien ou un mal. Un sondage récent montre que les hommes sont en général plus favorables à l'échangisme que les femmes, la gauche que la droite, et les enseignants et les artistes que les commerçants et agriculteurs, traditionnellement attachés à la propriété privée. Une autre enquête a montré que les plus fervents partisans de l'échangisme se trouvent parmi les policiers de la brigade des mœurs, chez qui le taux de satisfaction approche les cent pour cent. Interrogés sur cette adhésion massive, les fonctionnaires ont répondu que leur métier, grâce à l'échangisme, est devenu une sinécure. Avant, pour résoudre une affaire de viol, il fallait interroger la victime qui ne se souvenait plus de son agresseur, chercher des témoins qui demeuraient évasifs, et procéder à des prélèvements génétiques

---

1. À ce sujet, des neurologistes ont démontré que chacun laisse un résidu de sa personne dans les corps qu'il traverse, comme on signe un Livre d'or. Nous imprégnons les corps où nous passons, en y ajoutant un petit quelque chose. À la limite, on peut imaginer que d'ici quelques siècles, chacun habitera tous les corps disponibles, et que chaque corps hébergera réellement une parcelle de tous les hommes.

qui ne donnaient généralement rien. Dans ces conditions, trois coupables sur quatre n'étaient jamais
retrouvés. Aujourd'hui, pour identifier l'agresseur,
il suffit de regarder la victime. « Puisqu'elle est dans
son corps ! »

(*À suivre*)

Schnell !

Né en 1850 à Munich, Oskar Schnell grandit à Lille, où son père était ingénieur dans l'industrie textile. Après de médiocres études secondaires, il entra à l'école des Beaux-Arts de Paris ; étudiant dissipé, il en sortit quatre ans plus tard sans son diplôme, et commença de gagner sa vie en dessinant des caricatures pour un journal politique. Il continua malgré tout de se passionner pour la peinture, courant les musées pour étudier les maîtres ; dans sa chambre à Montparnasse, il gâchait des toiles en se cherchant une manière. À partir de 1875, il exposa ses tableaux dans des galeries ; des collectionneurs s'intéressèrent à ses œuvres, pariant qu'un jour sa cote monterait. Ils eurent raison, mais trop tôt : ces premiers jets de Schnell ne valaient rien, sinon comme documents, et ce n'est que cinq ans plus tard, après que l'artiste eut mis au point son procédé, qu'il devint célèbre et que ses prix se mirent à flamber.

Au Salon de 1880, donc, Schnell présenta *La Robe*, une petite huile de 50×50 centimètres. On y voyait une femme au chapeau fleuri, engoncée dans une robe blanc et rouge. Ce mauvais tableau aurait pu passer pour une croûte, sans le détail fabuleux qui en faisait un chef-d'œuvre. À côté de *La Robe*, Schnell avait planté une chaînette au bout de laquelle pendait un éventail ; si on agitait celui-ci devant la peinture, le courant d'air soulevait la robe et dévoilait les genoux du modèle. C'était un spectacle tellement inouï que les visiteurs croyaient à une illusion d'optique ; mais non – la toile était parfaitement normale, comme le certifièrent les chimistes à qui on la confia pour expertise. Il n'y avait aucun truc. *La Robe* était en somme un tableau impossible, tenant à la fois de la peinture et du film – quinze ans avant les premières tentatives des frères Lumière, et alors que l'Anglais Muybridge en était encore à faire courir des chevaux par saccades dans son zoopraxiscope.

Subjuguée par ce phénomène qu'elle trouva très esthétique, la critique cria au génie. Le public se précipita, et le Salon de 1880 connut un record d'affluence ; en quelques jours, le nom d'Oskar Schnell fit le tour du monde.

Durant les années suivantes, Schnell peignit des dizaines de toiles sur le même principe, qui prenaient vie quand on procédait aux manipulations adéquates. Citons les plus connues :

– *Le Chat* (1882, huile sur toile, 50×50). Un chat de gouttière gris, très commun ; quand un chien passe dans la salle d'exposition, les poils de son dos se hérissent.

– *Le Chien* (1884, huile sur toile, 50×65). Un épagneul ; quand on approche un os de la toile, sa queue bat.

– *Paysage* (1884, huile sur toile, 100 × 150). Un paysage de campagne à l'automne. Dans le coin supérieur gauche, des oiseaux perchés sur un arbre, qui s'envolent et disparaissent quand on frappe dans ses mains. En général, ils sont de nouveau là le lendemain. Parfois, ils tardent à revenir ; on a mis le tableau dans un caisson insonorisé, pour éviter qu'ils s'enfuient à jamais.

– *Le Verre* (1886, huile sur toile, 50 × 50). Un verre en cristal, sur fond noir. Il se brise si on chante trop fort et trop aigu.

– *La Banque* (1886, huile sur toile, 50 × 50). Un grand bâtiment austère et nu, surmonté d'une enseigne : « Banque ». Les portes sont fermées. Elles s'ouvrent si on passe devant avec des billets dans sa poche, et se referment sèchement dès qu'on tourne le dos. Sans argent, rien.

– *Le Glaçon* (1887, huile sur toile, 20 × 15). Un glaçon cubique sur fond blanc. Quand on approche une source de chaleur, il rétrécit, comme s'il fondait.

– *L'Homme* (1887, huile sur toile, 200 × 100). Portrait en pied d'un homme nu. Une femme qui se place bien en face de la toile et soulève sa jupe le met en érection.

Pour chaque tableau, Schnell rédigeait une notice indiquant la marche à suivre – quels accessoires utiliser, à quelles manipulations procéder. Mais à partir de 1890, il ne se donna plus cette peine : il livrait désormais des toiles « brutes », aux spectateurs de découvrir comment les animer.

Les premiers temps, on le déduisit du titre : il n'était pas difficile de comprendre que *Chatouille*, peinture d'une plante de pied féminin, devait être caressé avec une plume pour que les orteils se recroquevillent ; ni que *Magnétisme*, rectangle noir sur fond blanc, s'animait à l'approche d'un aimant – le rectangle grossissant ou s'amenuisant selon le pôle présenté. Mais d'autres fois, il fut plus délicat de percer le secret des tableaux ; certains constituaient de véritables énigmes, suscitant mille spéculations chez les amateurs. Chacun émettait des hypothèses qu'il prétendait éprouver au moyen d'accessoires variés ; cette débauche d'idées géniales donnait lieu dans les musées et les galeries à des scènes incongrues. On y voyait flâner des femmes élégantes, feignant d'étudier des toiles italiennes ou des natures mortes ; mais dès qu'elles arrivaient devant *Nourrisson en pleurs* de Schnell (1894), elles dégrafaient prestement leur chemisier pour sortir un sein, persuadées que l'enfant peint par l'artiste cesserait de vagir et sourirait pour la tétée. D'autres se passionnaient pour *L'Acrobate*, une huile sur toile représentant un funambule sur son fil, et tentaient lui faire perdre l'équilibre par toutes sortes de grimaces et de singeries. D'autres encore essayaient de provoquer une explosion avec *Chimie*, un petit tableau de 1898 montrant une fiole d'où s'échappait un nuage verdâtre. Ils se succédaient dans la salle d'exposition pour y diffuser des gaz, persuadés d'obtenir une réaction. Dans aucun musée au monde les pétomanes n'étaient mieux tolérés : on venait s'abandonner là pour des motifs artistiques sublimes, et personne ne songeait à s'en offusquer. Les autorités regardaient ces tentatives avec bienveillance, n'intervenant que si les moyens déployés présentaient un risque. Certains conservateurs craignaient que leurs musées ne se transforment en bazars, mais la plupart se réjouissaient car la popularité de Schnell attirait les foules de visiteurs.

*

Outre ces conséquences, la décision de Schnell de livrer des toiles sans notice en a provoqué une autre, moins sympathique : elle a ouvert un boulevard aux faussaires, qui se sont mis à peindre du Schnell au kilomètre. Son procédé d'animation restait un mystère ; mais pour le reste, ses toiles étaient faciles à imiter – un enfant équipé d'une boîte de peinture pouvait en réaliser de très bonnes copies. Ainsi vit-on fleurir à partir de 1900 toutes sortes de croûtes immobiles revêtues de sa signature, et dont on ignorait quoi faire pour les mettre en branle. D'innombrables gogos se firent prendre, croyant y voir des Schnell véritables ; ils les achetaient à prix d'or puis cherchaient frénétiquement comment les actionner. Après avoir échoué mille fois, ils les revendaient à d'autres fous, tous persuadés de percer facilement leur secret.

La multiplication de ces faux fut une aubaine pour les snobs et les demi-mondains, pour qui c'étaient des signes extérieurs de richesse tout trouvés. Ils s'offraient à moindre coût un petit Schnell factice qu'ils installaient dans leur salon, au-dessus du buffet ; quand ils recevaient, leurs amis s'extasiaient devant le Schnell et demandaient, jaloux, combien ils l'avaient payé. Madame faisait une réponse évasive, sous-entendant que de toute façon, pour eux, ce n'était pas grand-chose ; puis, comme on leur demandait une démonstration, elle répondait qu'ils ne savaient pas faire marcher leur tableau ! Et de citer aussitôt des cas analogues, toujours choisis dans le grand monde : le baron Untel, qui avait acheté trois beaux Schnell en 1890 mais n'en avait depuis pas fait bouger un seul ; ou la duchesse de T***, qui butait sur le sien depuis deux ans et implorait l'artiste. Comme il était exclu que le baron Untel et la duchesse de T*** recèlent des faux, les invités n'imaginaient pas que le tableau de leurs hôtes en fût un ; et ils s'excitaient toute la soirée sur la toile pour l'animer tandis que Madame jubilait grâce à une croûte de cent francs.

*

Tout aurait continué ainsi s'il n'était pas apparu que les tableaux enchantés de Schnell passaient mal l'épreuve du temps, et qu'ils commençaient de s'abîmer au bout d'une quinzaine d'années. Les premières atteintes apparurent vers 1910 sur les œuvres les plus anciennes : les vernis craquelèrent, des cloques bombèrent les toiles, des moisissures et des champignons proliférèrent et les noircirent. On les décrocha pour les soumettre à des traitements, et on demanda avec angoisse son point de vue à l'artiste. Celui-ci révéla par voie de presse que ces corruptions étaient normales, et que tous ses tableaux étaient appelés à disparaître à moyen terme ; il affirma cela avec calme, ingénument, mais non sans un peu de malice.

Le scandale fut énorme, l'émotion considérable ; de nouveau, on ne parla plus que de Schnell dans le monde. Les propriétaires s'affolèrent, la critique se révolta. Craignant un effondrement du marché, tous les galeristes de Paris à New York supplièrent les savants de trouver un remède, en vain. Des ministres intervinrent, officiellement pour défendre les tableaux acquis par les musées de l'État, en réalité parce qu'ils en avaient aussi acheté à titre personnel. Intraitable, Schnell répondit qu'il n'y avait rien à faire, que ses toiles étaient des chefs-d'œuvre consomptibles, et qu'elles étaient pro-grammées pour périr. Ensuite de quoi, harcelé par la presse, il disparut dans la nature ; nul ne l'a jamais revu.

Sa cote chuta vertigineusement. Voyant se déve-lopper sur leurs toiles les signes fatals, les collec-tionneurs paniqués les revendaient pour rien ; un Schnell d'un million ne valut bientôt plus mille francs. C'était une débandade, et un drame pour le marché de l'art. Tous les Schnell pourrissaient aux cimaises, transformés en lambeaux malodorants.

Vers 1920, il n'en resta plus aucun : plus de trace sur Terre de cette œuvre mobile qui avait tant fait parler d'elle en son temps. Ne restaient que les mil-liers de copies produites par l'industrie des faus-saires. Les jobards qui s'y étaient fait prendre, les snobs crédules et les femmes de médecin qui avaient acheté ces copies pour faire riche, tous ceux-là considéraient à présent leurs faux intacts en bombant le torse, ivres de revanche sociale, se vantant de n'avoir pas été dupes et disant à leurs amis qu'en art, il faut avoir comme eux du flair pour investir à bon escient.

Notre époque (IV)
Tous les chemins mènent à Rome

> « Au bout de quelques millions d'années, les choses en sont à peu près au même point sur la Terre et l'Antiterre, tant il est vrai qu'on arrive par le contraire à des résultats identiques. »
>
> Pierre Daninos

Sans doute nos lecteurs connaissent-ils la théorie selon laquelle, quand un homme choisit entre deux décisions, se créent pour lui deux mondes – un pour chaque choix, celui qu'il a fait, celui qu'il aurait pu faire. Notre réalité ne serait que l'une des millions engendrées par nos choix passés, qui prospèrent en parallèle.

Soit par exemple un banquier – nommons-le Renouvier – qui, un matin, n'a pas envie d'aller travailler. Il peut céder à sa paresse et se rendormir, ou se faire violence et se lever. Deux possibilités, deux réalités. Renouvier évolue simultanément dans l'une et dans l'autre, sans se douter qu'existe ailleurs dans l'espace-temps une seconde version de lui-même, celle qui aurait fait l'autre choix. Ce genre de bifurcation se reproduit sans arrêt. Poursuivons.

Dans le monde où il s'est rendormi, Renouvier se réveille vers onze heures. Il peut alors avoir du remords, juger qu'il est encore temps de se rattraper, et filer à sa banque en trouvant une excuse pour se justifier ; il peut aussi se dire que la journée est fichue de toute façon, prendre une voix fragile et téléphoner pour dire qu'il souffre, et qu'il ne viendra pas travailler aujourd'hui. Deux nouveaux mondes apparaissent. Pendant ce temps, sur un autre segment du réel, l'autre Renouvier, arrivé à l'heure au bureau, déjeune dans son restaurant habituel ; le maître d'hôtel l'a installé à côté d'une femme seule, que Renouvier trouve très belle. Une possibilité s'offre à lui, qu'il s'efforce d'oublier en s'absorbant dans les cours de la Bourse, derrière son journal financier. Cependant, après le dessert, comme elle s'apprête à partir, il lui propose de prendre un café ; bonne idée, car elle accepte. C'est le début d'une aventure. Si Renouvier ne s'était pas jeté à l'eau, elle aurait quitté le restaurant sans le regarder – ce qui s'est effectivement passé dans une autre réalité, où il ne la reverra jamais. Deux Renouvier sont sortis de la cosse du premier, comme une cellule pendant la mitose. Le premier libre de revoir cette femme et, peut-être, d'en faire sa maîtresse ; l'autre fidèle à son épouse (Élise, qu'il n'a plus trompée depuis les événements que vous savez).

N'est-elle pas belle, cette idée des réalités dédoublées ? Quel homme n'a jamais pensé à ce qu'aurait été sa vie si, à tel moment du passé, il avait fait l'autre choix – épouser une femme plutôt qu'une autre, dire une blague douteuse ou la garder pour soi, aller à droite plutôt qu'à gauche, etc. Ce vertige, quand on pense aux millions, aux milliards d'autres soi-mêmes qui évoluent dans des univers parallèles !

Borges utilise pour décrire tout cela l'image du *jardin aux sentiers qui bifurquent*. Mais les amateurs de science-fiction sont allés plus loin : certains imaginent que ces réalités parallèles peuvent se croiser, voire se superposer.

Soit un homme riche, Sombrelieu par exemple, qui a repris la boutique familiale pour en faire une multinationale florissante. Un jour, dans la rue, il tombe nez à nez avec un mendiant puant qui retient son regard ; très vite, il se persuade que c'est une autre version de lui-même : c'est le va-nu-pieds qu'il aurait été si, désobéissant à son père, il avait préféré devenir poète. Les mondes issus de ces choix de jeunesse, après vingt ans de cheminement parallèle, se sont retrouvés ; et Sombrelieu, abasourdi par cette rencontre avec lui-même, se dit qu'il a eu raison d'écouter son père. Mais une troisième réalité existe peut-être (ainsi qu'une quatrième, une centième, etc.) où ce même Sombrelieu, au lieu d'un clochard, serait devenu un grand artiste. Sombrelieu l'entrepreneur s'en voudrait alors d'avoir été raisonnable, et d'avoir raté sa vie. Et encore son dépit ne serait-il rien à côté de celui du clochard qui, contemplant la scène, verrait comme son existence aurait pu être différente s'il avait fait le choix de changer son style pour séduire le public.

*

La nouveauté de notre époque – car il faut en venir au fait –, la nouveauté, donc, c'est que ces réalités parallèles, précisément, débordent aujourd'hui les unes sur les autres, se superposant pour fusionner, en générant d'invraisemblables paradoxes. Au lieu que les chemins bifurquent, pour parler comme Borges, ils se rejoignent ; les réalités ne se multiplient plus, elles diminuent en nombre et se fondent l'une dans l'autre. L'espace-temps était jusqu'ici comme un chêne qui ramifie ses branches : c'est aujourd'hui l'inverse, un arbre renversé dont le houppier s'amenuise pour finir en tronc. L'infinité des réalités issues de nos choix passés convergent vers celle de notre présent. L'espace-temps se contracte.

On prend conscience du phénomène parce que la jonction des réalités n'est pas toujours très précise, et qu'il y a parfois des moments où les deux mondes en confluence cohabitent – moments brefs, mais assez longs pour être perçus. De manière imagée, on dirait que les couleurs bavent : au lieu que les réalités se confondent de façon instantanée et insensible, elles s'arriment maladroitement, avec quelques secondes d'approximation. Des exemples récents, rapportés par les journaux ou observés par moi, rendront plus sensible ce dont il s'agit.

1° Je traversais l'autre jour un square quand j'ai vu un manchot sur un banc et, marchant à sa rencontre, un autre manchot, qui lui ressemblait. Le second s'est installé près du premier, et ils ont commencé de bavarder. Troublé par la coïncidence, je me suis approché pour écouter leur conversation. Les deux manchots ne se connaissaient pas ; mais en quelques instants, ils ont découvert qu'ils portaient le même nom, Mancian, qu'ils étaient nés le même jour, et qu'il se pourrait très bien qu'ils soient un seul et même homme ; ils se sont alors tombés dans les bras – si l'on peut dire. Leurs vies avaient commencé de diverger à la mort de leurs parents, après une dispute avec leurs frères pour le partage du patrimoine. Le premier s'était tant bien que mal entendu avec eux, et tous avaient repris le magasin familial ; le second avait quitté la France pour devenir bûcheron au Canada. Pendant dix ans, leurs vies étaient devenues de plus en plus dissemblables ; mais ensuite, elles ont commencé de se rapprocher, aboutissant par des chemins contraires à un résultat identique. Mancian n° 1, resté en France, est demeuré vieux garçon ; Mancian n° 2, parti au Canada, a épousé une Américaine dont il s'est séparé huit ans plus tard : tous les deux sont célibataires désormais. Mancian n° 1 a perdu son bras droit dans un accident de la route, Mancian n° 2 s'est coupé le sien avec une scie à ruban sur un chantier du Manitoba ; tous les deux sont amputés à la même hauteur. Fascinés, ils se sont raconté toute leur existence, constatant que leurs destinées les avaient menés exactement au même point.

En les observant, j'ai eu l'impression qu'ils se rapprochaient sur leur banc, au point de se toucher et même de se superposer légèrement. Je me suis pincé mais je ne rêvais pas : leurs corps ont pénétré l'un dans l'autre, et les deux Mancian n'en ont plus fait qu'un. Après avoir vécu dans deux réalités, ils se sont finalement retrouvés pour fusionner. D'autres manchots nommés Mancian apparaîtront sans doute d'ici quelque temps, venant d'on ne sait où et qui viendront s'ajouter aux deux autres.

2° Deuxième exemple. La scène se déroule à l'université de Manchester, dans un colloque sur l'histoire européenne au XXe siècle. Quand le président de séance a fait venir à la tribune le professeur Pfersmann, spécialiste de science politique et d'histoire contemporaine, les spectateurs ont eu la surprise de le voir monter sur l'estrade en deux exemplaires. D'abord interdit, le président s'est ressaisi et a convoqué les deux professeurs pour éclaircir l'affaire ; il est apparu qu'ils étaient tous les deux l'authentique Pfersmann, que le premier était venu prononcer une conférence sur la chute de l'Union soviétique en 1991 et le deuxième une conférence sur la situation de l'Union soviétique en 2010 ; l'un était persuadé qu'elle avait disparu et l'autre qu'elle continuait, parce que chacun était issu d'une réalité différente. Très étonnés d'avoir affaire à une deuxième version d'eux-mêmes, Pfersmann I et II ont échangé des mots devant l'assistance ébahie, avant d'être rappelés à l'ordre par le président. Finalement, il a été décidé de les laisser s'exprimer tour à tour, en tirant au sort l'ordre des interventions. Le public attendit que le deuxième Pfersmann – celui qui prétendait que l'URSS existait toujours – ait terminé sa communication pour lui poser les nombreuses questions soulevées par ses idées. Plusieurs contradicteurs subirent alors le même phénomène : leurs répliques se manifestèrent, issues de réalités où l'URSS n'était pas morte. Un passionnant débat s'engagea parmi cette foule dédoublée. Au bout d'une quinzaine de minutes, les couples de clones commencèrent de fusionner, en sorte que la controverse devint mentale et dégénéra en paradoxes schizophréniques chez les intéressés, convaincus d'une chose et de son contraire en même temps.

On imagine quels dégâts ces phénomènes pourraient provoquer en nous. Dans le monde entier surgissent de soi-disant historiens qui, issus de réalités lointaines, soutiennent que l'Amérique a été découverte par un marin portugais vers 1544, que Marie-Antoinette est morte de vieillesse en 1840 et que le *Titanic* a traversé cent dix fois l'Atlantique avant d'être converti en transport de troupes au début de la guerre. Que répondre, sinon qu'ils ont raison de leur point de vue et tort du nôtre ? Au bout de quelque temps, ces hurluberlus fusionnent avec leurs doubles indigènes et donnent naissance à des êtres munis de deux savoirs incompatibles. Dans chaque tête se bousculent ainsi les thèses les plus contradictoires, et on a bien du mal à admettre que, à la lettre, *tout est vrai* – la décollation de Louis XVI et sa fuite en Autriche, la Révolution russe et son écrasement par le tsar, Lindbergh traversant l'Atlantique et Lindbergh écrasé dans les Açores, et ainsi de suite.

Certains affirment que le plus sage est de ne plus évoquer le passé du tout, puisqu'il est impossible de s'entendre à son propos. Le seul sujet de conversation admis serait désormais le futur et, dans une certaine mesure, le présent – dans une certaine mesure seulement car si l'on veut contenter tout le monde, il faut en rester au stade de la description pure et ne pas s'interroger sur l'origine et la finalité des choses. Que les autres mondes se mettent à ressembler au nôtre au point qu'ils se connectent ne signifie pas que notre présent commun s'explique de la même manière pour tout le monde. Prenons un exemple : nos villages sont ponctués de clochers parce que la France est chrétienne. Mais on pourrait imaginer qu'une autre réalité s'arrime à la nôtre, où il y aurait des clochers mais pas la chrétienté. Dans cette réalité étrangère, donc, les églises auraient une signification différente ; peut-être hébergeraient-elles les croyants d'une *autre* religion ? Alors, la fusion de ce monde avec le nôtre ferait que deux cultes se disputent les cathédrales et les chapelles. Cet exemple-limite reste une vue de l'esprit mais, à dérouler la bobine du phénomène qui nous occupe, une situation de ce genre pourrait très bien se présenter bientôt, et provoquer une guerre civile.

Mais là où les effets seront les plus terrifiants, c'est à l'intérieur des consciences, où s'accumulera dans l'anarchie une masse de souvenirs contradictoires. Hier, un homme interrogé sur la date de son mariage n'avait qu'une réponse à donner ; bientôt, il en aura deux, trois, et parfois davantage : c'est qu'en lui se confondront les souvenirs des différentes réalités qui se sont rejointes, l'obligeant à un choix impossible parmi sa collection de passés. Cet homme dont la femme est morte dans un monde et qui dans un autre ne l'a jamais rencontrée, comment expliquera-t-il son célibat, maintenant que ces mondes ont fusionné ? Et celui-là, qui n'a ni frère ni sœur, doit-il obéir à la partie de son cerveau selon laquelle il est fils unique, ou se fier à son autre mémoire où sont gravés ses cinq frères et sœurs, tous alpinistes, morts dans un accident de cordée sur le mont Blanc ? Les plus philosophes d'entre nous acceptent avec résignation cette conformation étrange de notre esprit, trouvant que l'arrivée permanente de nouveaux souvenirs enrichit la vie intérieure. Mais la plupart des gens sont tout de même troublés, et croient à grand-peine leur médecin qui jure que tout est normal et que personne n'est fou.

Quant aux écrivains, ils ne sauront bientôt plus où donner de la tête. Leur vie est devenue leur sujet favori puisqu'ils en ont désormais plusieurs, et leur mémoire en expansion leur fournit chaque jour du matériau supplémentaire. La critique pourra se demander si l'imagination n'est pas vouée à mourir, dépassée par les réalités qui nous assaillent. Si le mouvement se poursuit, ce sont bientôt toutes les histoires du monde qui seront dans nos têtes, l'infini qui s'entassera en nous. Il suffisait déjà au romancier, pour écrire une histoire, d'extraire de sa tête le souvenir d'une réalité possible, où l'un de ses doubles a vécu ; mais celui de demain aura plus de facilités encore, puisqu'il en contiendra davantage ; quant à celui d'après-demain, il les trouvera toutes. L'imagination sera alors non seulement inutile, mais impossible : *toutes* les histoires seront à portée de main, déposées dans nos crânes en poste restante. Il n'y aura plus rien à inventer – en tout cas pour le passé. Le seul sujet neuf sera le futur, encore inconnu. À moins, mais on n'ose imaginer pareille mutation, que les réalités se mettent à converger *à rebours*, et que notre segment de l'espace-temps soit intersecté non seulement par tous les passés, mais par tous les avenirs. C'en serait fini alors de l'Histoire. Le présent contiendrait tout. Venus de partout, allant partout et sachant tout de l'univers et du futur, nous serions comme des dieux, perplexes et désespérés à l'idée qu'il ne resterait rien à découvrir, ni demain ni jamais.

(*À suivre*)

Dix villes (VI)
Morno, au Chili

Morno est située sur la rive gauche d'une rivière qui, comme toutes les rivières au Chili, prend sa source dans les Andes. Jusqu'à la fin du XIXᵉ siècle, ce fut une ville moyenne, quatre mille âmes environ. Mais après qu'on a découvert des filons d'or dans les montagnes environnantes, sa population a doublé. Pour loger les nouveaux arrivants, il a fallu construire. La ville a alors choisi de s'étendre non pas sur la rive gauche de la rivière, déjà habitée, mais sur la droite, où il n'y avait que des champs ; on a bâti trois ponts, l'un en bois et les deux autres en pierres, et des centaines de maisons ont poussé comme des champignons pour constituer ce que les habitants nommèrent le « Quartier nouveau » (rive droite), par opposition au « Quartier ancien » (rive gauche).

L'extraordinaire tient en ceci que, sans préméditation, le Quartier nouveau est symétrique à l'ancien, comme un reflet, avec une exactitude troublante. Les constructeurs manquaient-ils d'imagination au point qu'ils ont copié sans y penser ce qu'ils voyaient de l'autre côté ? Toujours est-il que pour chaque rue de la rive gauche, il y a une rue jumelle à droite ; pour chaque place, une place aux mêmes dimensions, bordée des mêmes arbres ; pour chaque immeuble, sa réplique, peinte de la même couleur. Morno s'est ainsi transformée en miroir à deux faces, que délimite une rivière.

Cet incroyable mimétisme continue. Aujourd'hui, les deux quartiers évoluent à l'identique, comme si chacun surveillait l'autre. Lorsqu'un paysan, enrichi grâce à sa mine d'or (il y en a encore, même si les filons s'épuisent), se fait construire à droite un petit palais plein d'ornements, le même surgit immanquablement sur l'autre rive, dans une rue similaire. Si on rase une bicoque à gauche pour rectifier une route, on peut parier qu'à droite sa copie sera rasée bientôt. Cette fureur d'imitation se vérifie dans tous les aspects de la vie, en sorte que Morno préserve depuis un siècle le système symétrique qui lui tient lieu de plan d'urbanisme. On devine combien cette curiosité charme l'esprit géométrique de Gould, qui voici deux ans a visité Morno avec un ami chilien, Albert Lamiño.

« Paradoxalement, explique Gould, on communique peu entre les deux rives. Comme tout est en double, les habitants d'une rive n'ont en effet rien à découvrir sur l'autre qu'ils ne connaissent déjà. Les ponts, du coup, ne servent à rien ; on les traverse seulement le dimanche, pour la promenade, quand les familles de chaque rive émigrent quelques heures sur l'autre en se saluant aimablement au-dessus de l'eau. Les ponts ne servent finalement qu'aux représentants de commerce, qui adorent Morno parce que tous les magasins sont en double et qu'ils ont deux fois plus de chances de placer leurs produits. »

Lors du séjour de Gould, Morno comptait 8 260 habitants. Selon Albert Lamiño, tous les recensements officiels depuis les années 1940 démontrent que la population forme un nombre pair, parce qu'il y a toujours autant d'habitants dans le Quartier nouveau que dans l'ancien, à l'unité près. « Voilà qui paraît étonnant, commente Gould, mais qui ne l'est finalement pas. Les deux rives se ressemblent jusque dans les naissances et les décès, l'équilibre démographique est toujours parfait. Je suis même tenté d'aller plus loin (la symétrie de Morno est un moteur pour l'imagination, et amène à des réflexions très profondes), et je fais l'hypothèse suivante : puisque les rues, les immeubles, les squares et les fontaines sont appariés, pourquoi ne pas imaginer aussi que chaque habitant a son double ? Si la population des deux rives est en nombre identique, n'est-ce pas parce que les habitants aussi sont les mêmes ? Eh ! quand j'étais sur la rive gauche, peut-être qu'il y avait un Gould *bis* sur la rive droite, à la terrasse du même café, buvant le même *Pisco sour* et méditant sur mon existence comme je faisais sur la sienne !

Gould s'interrompt, regarde ses mains puis reprend : « Cette idée m'a d'abord amusé, puis elle m'a troublé au point que j'en ai perdu le sommeil. À la veille de partir, j'ai décidé d'en avoir le cœur net, et je me suis livré à une expérience. Si Morno était bien la ville-miroir que je pensais, l'exact reflet de son reflet, alors le Gould *bis* de l'autre rive, qui devait avoir les mêmes idées que moi, faisait forcément les mêmes trajets : si j'allais vers la rivière, il irait aussi. Allais-je en passant le pont me retrouver face à moi-même ? Je me suis mis en route, surexcité. Mais très vite, une angoisse s'est emparée de moi. Le souffle court, je me suis arrêté pour rassembler mes esprits. Finalement, je suis arrivé sur la place piétonne devant la rivière. C'était la fin de l'après-midi, il y avait du monde aux terrasses. Je me suis adossé à un pilier, scrutant l'autre berge où s'étendait la même place, symétrique. Le soleil me troublait la vue ; aveuglé, je dus fermer les yeux. Qu'espérais-je ? Une rencontre avec mon clone ? La belle affaire ! J'ai épongé mon front ruisselant avec un mouchoir, puis je suis reparti en ricanant. Mais avant de quitter la place, comme par réflexe, j'ai jeté un regard en arrière. Eh bien ! Croyez-moi ou non : je suis persuadé d'avoir vu sur l'autre rive un homme de ma corpulence, habillé comme moi de blanc, et qui portait le même panama Montecristi dont Albert m'avait dit pourtant que j'étais *le seul* dans la région à en posséder un. »

Une collection très particulière (v)
Tenue correcte exigée

Gould a nommé *dress code* ce rayon de sa bibliothèque, expression qu'il prononce en mettant beaucoup de soin à son accent anglais. (Quoique belge, il
a toujours affectionné l'Angleterre, et prétend avoir
dans ses ancêtres un duc de Montrose ainsi que le
bibliothécaire de George II ; il possède de nombreux
costumes en tweed, et se désole de préférer le café au
thé, le café faisant selon lui « moins britannique ».)
Avant d'en tirer un livre, Gould me dévisage de la
tête aux pieds d'un air suspicieux, comme s'il cherchait une tache sur mes vêtements ; puis il mar-
monne que « ça devrait aller » et me prie d'en lire la
première page à voix haute.

L'auteur s'appelle Arthur Letrousseux du Longjean, et le livre – un roman – s'intitule *Le Froid*. Je
l'ouvre, prends une inspiration et commence. Ou
plutôt, je voudrais commencer ; car curieusement, je
bute sur le premier mot et suis incapable de rien
déchiffrer. Que m'arrive-t-il ? Les caractères sont
nets, l'alphabet m'est familier ; rien à faire pourtant
– le texte se brouille, j'échoue à le décrypter. Je
tourne une page, puis une autre, sans succès ; je suis

comme illettré, impuissant à prononcer le moindre mot.

– Je suis désolé, bredouillé-je en regardant Gould.

Gould réprime un éclat de rire, puis porte la main à ma chemise pour en arranger le col.

– C'est que vous n'êtes pas assez bien habillé, explique-t-il.

– Je vous demande pardon ?

– Suivez-moi.

Nous quittons la bibliothèque pour le salon où, sur un fauteuil, se trouve un smoking de location dans sa housse.

– Passez-le, dit Gould.

Puis, désignant une boîte de carton noir :

– Et voici des souliers vernis. Habillez-vous, puis rejoignez-moi. Je vous attends.

Il ferme doucement la porte derrière lui, et je l'entends ricaner de l'autre côté. Incrédule, j'obéis ; les souliers sont de ma pointure, le smoking à ma taille. Je retourne dans la bibliothèque, où Gould m'accueille d'un sifflement. Il me prie de renouveler l'expérience de tout à l'heure. Miracle ! Les mots, cette fois, m'apparaissent clairement, et je lis en toute facilité : *Lorsqu'elle ouvrit les yeux ce matin-là, Adeline ressentit autour d'elle un froid piquant. Tendant la main vers son mari, elle découvrit avec horreur que sa peau était glacée, et comprit qu'il était mort.* Ainsi rassuré sur ma capacité de lire, je referme le volume et regarde Gould, qui est fier de son effet.

– Quel est ce prodige ?

– Mais je vous l'ai dit ! Pour lire Letrousseux du Longjean, il faut être tiré à quatre épingles.

Gould m'explique que Letrousseux était un dandy suprêmement raffiné et très porté sur l'étiquette ; expert en bonnes manières, il s'efforçait de les pratiquer et de les imposer aux autres, en n'hésitant jamais à leur faire des remarques – ce qui n'était pas élégant, mais qu'importe. Il avait la hantise d'être pris en défaut et aurait préféré mourir que de commettre un impair. On raconte à son sujet qu'un jour de chaleur, il avait machinalement essuyé une gouttelette sur son front ; puis, pensant avoir été vu, il avait rougi, s'était enfui et n'avait plus paru en public pendant six mois, aussi honteux que vous ou moi si nous avions postillonné sur le roi.

– Et quel rapport avec son livre ?

– Eh bien ! Ce qu'il exigeait de lui dans le monde, il l'a voulu pour nous dans ses livres. Il a écrit quatre romans, tous parus dans les années 1880 – le meilleur, celui que vous avez dans les mains, date de 1885. Par un procédé que j'ignore, il a fait en sorte qu'on ne puisse les lire que dans la tenue qui convient (smoking si possible, au minimum en cravate et en veston). Au lecteur qui n'est pas habillé comme il faut, ses livres se refusent : les mots sont là, vous l'avez constaté, mais incompréhensibles, comme ceux d'une langue étrangère. Admirable, non ? Car il suffit que vous vous sapiez comme un prince pour que le livre s'offre à vous. Il est d'ailleurs excellent – je vous le prête, si vous voulez.

– Vous me prêtez aussi le costume, je suppose ?

Gould sourit.

– Ne me dites pas que vous n'avez rien qui fasse l'affaire dans votre garde-robe ! Je ne vous vois pas souvent avec une cravate, mais tout de même. Vous sortirez donc un costume, et lacerez vos beaux souliers. Il faudra aussi vous raser de près et mettre quelques gouttes de parfum – pas trop, les Letrousseux n'aiment pas les odeurs fortes. Et si vous n'avez rien de tout cela chez vous, vous vous mettrez en frais. Vous aurez toujours l'usage d'un bel habit. Et puis, qui sait ? peut-être contracterez-vous le goût de l'élégance.

Je réponds à Gould que oui, j'ai sûrement dans mes malles de quoi pouvoir lire du Letrousseux. Je m'exclame :

– Je le lirai !

– Méfiez-vous, prévient Gould : il ne suffit pas pour entrer dans ses livres d'être bien habillé, il faut aussi bien se tenir. Même vêtu comme un milord, vous n'y parviendrez pas si vous êtes vautré dans un canapé. Il faut être assis dans un fauteuil, le dos droit et les jambes croisées. De l'allure ! Pas de bruit dans la pièce, ou à la rigueur de la musique en sourdine. Eh ! lire du Letrousseux, vous pouvez me croire, ce n'est pas donné à tout le monde.

Et Gould de révéler qu'en dépit de la classe que chacun lui reconnaît, il lui arrive à lui aussi de n'être pas à la hauteur.

– J'ouvre un de ses romans et là, horreur, je n'y comprends goutte. Le livre regimbe. Je manque donc d'élégance. Toutes affaires cessantes, je me précipite alors dans ma salle de bains, je me rase, je me coiffe, je change ma chemise, je cire mes souliers. La plupart du temps, le roman rétif s'ouvre à moi quand je réapparais après ces soins. Sinon, c'est que j'ai vraiment mauvaise mine et que rien n'y fera, même un costume flambant neuf. Il ne me reste plus qu'à prendre du repos ou à consulter un médecin, en attendant d'être présentable de nouveau.

Gould m'a aimablement confié son exemplaire. (Il est rare qu'il prête ses livres.) Je l'ai lu deux fois, et peux confirmer son opinion : c'est vraiment un bon roman. Les soirs où je vais dans le monde, je prends toujours soin d'en lire une page avant de commander un taxi. Si je n'y parviens pas, c'est que ma veste est froissée, ma chemise tachée ou ma cravate mal nouée, et qu'il me faudra repasser devant le miroir avant de sortir.

Dix villes (VII)
Albicia, en Italie

Il y a un homme célèbre à Albicia, Ricardo Mancian, qui a sa statue sur la grand-place et de nombreuses rues à son nom. À vrai dire, *toutes* les rues portent son nom, ainsi que les squares, les fontaines, les allées, les parcs et les édifices publics. Gould et moi, lors d'une visite à Albicia au retour d'un voyage à Rome, avons effectué ce que Gould appelle le « circuit Mancian » ; si vous avez l'occasion d'y passer un jour, marchez dans nos pas en prenant ce qui suit pour une sorte d'itinéraire touristique.

De la grand-place, appelée « place Mancian » en raison de la statue de Mancian qui s'y trouve, empruntez la rue Ricardo-Mancian en jetant un œil à l'émouvante façade décrépite du Mancian, l'ancien théâtre municipal. Au croisement de la rue Mancian et de l'avenue du 16-Octobre (date de naissance de Mancian, en 1899), prenez à gauche vers le *Campiello* de Mancian, puis tournez à droite dans le *Campo* du Grand-Mancian (par opposition au Mancianino, au nord de la ville, moins intéressant d'un point de vue architectural), jolie placette hexagonale avec de beaux bâtiments symétriques.

De là, empruntez la *Fondamenta* du martyre de Mancian, puis la *Fondamenta* de la famille de Mancian ; arrêtez-vous sur le pont pour profiter des clapotis de la Mancianella, le ruisseau qui coule au-dessous. Longez ensuite la *calle* de Mancian et admirez la façade de l'ancienne église protestante, convertie en 1969 en maison collective (le centre associatif Ricardo-Mancian). Continuez le long de la *calle* des Amours de Mancian. Juste après le jardin d'agrément Ricardo-Mancian, prenez la ruelle à gauche puis tournez trois fois à droite ; vous verrez que toutes les rues portent le nom d'une des parties du corps de Mancian – *calle* del Braccio, degli Occhi, della Pancia de Mancian, etc. Vous tombez ensuite sur l'allée de la Mort de Mancian, jolie rue arborée dont l'atmosphère agréable contraste avec le triste événement dont elle porte le nom. Au bout à gauche, la grand-place, terme du circuit.

Si vous rencontrez en chemin des passants et que vous savez un peu d'italien, ne manquez pas de leur demander qui était ce Mancian qui a donné son nom à toutes les rues. Vous apprécierez à leur valeur le haussement d'épaules et la mimique désolée qu'ils afficheront pour toute réponse, suivis d'un « *non so* » que vous n'oublierez pas.

Notre époque (v)
Dégglomération

Depuis quelque temps, les distances augmentent : toutes choses égales par ailleurs, les immeubles sont chaque jour plus éloignés les uns des autres, les rues plus longues, les banlieues moins proches des centres-villes. Tout s'étire et se distend, comme un élastique qu'on tire. Au début l'extension était limitée, et n'avait que de faibles conséquences. On se réveillait le matin et, tendant le bras pour éteindre son réveil, on agitait en fait la main dans le vide, la table de chevet ayant reculé de dix centimètres pendant la nuit. On comptait dix pas le lundi pour aller de sa chambre à sa cuisine, douze le samedi et quinze le mercredi suivant. Ces prodiges étaient très irréguliers, et il se passait souvent des semaines sans qu'aucun survienne ; puis, soudain, il y avait un à-coup : par exemple, entrant dans mon garage un matin de février, je l'ai trouvé grand comme un terrain de tennis. Et chez mes voisins, le salon a pris de telles proportions qu'ils ont monté des cloisons pour créer deux nouvelles pièces.

Au bout d'un an, l'expansion du monde a pris sa vitesse de croisière. Descendre les Champs-Élysées, ce qu'on faisait à pied en vingt minutes, nécessite trois heures de marche. Pour aller de l'Assemblée nationale à l'Arc de triomphe, on prend toujours un taxi, ou bien le métro – il y a maintenant dix stations de métro entre Concorde et Charles-de-Gaulle, et on parle d'en ouvrir de nouvelles. Aux 480 kilomètres qui séparaient Paris de Lyon s'en sont ajoutés 150. Il y avait 1 000 kilomètres de Bruxelles à Marseille, il y en a maintenant 1 500 ; 670 du Havre à Strasbourg l'an passé, 1 000 depuis. La carte de France est bouleversée : le pays ne ressemble plus à un hexagone – il est devenu carré, puis triangulaire, selon les poussées d'expansion dans les différentes régions. Les géographes prévoient qu'il sera bientôt circulaire. Beaucoup de nostalgiques réclament le retour de la France que nous avons connue, avec ses côtes découpées et son bras breton plongeant dans l'Atlantique.

Étrangement, cette transformation ne s'accompagne d'aucune création de matière. Vue depuis l'espace, la Terre ne grossit pas : des photographies le prouvent, et les cosmonautes jurent ne rien voir d'anormal par le hublot de leur navette. En bref, le globe augmenterait sans enfler. Contraire à toute géométrie, cette constatation laisse les scientifiques sans voix et fait la joie des élèves de primaire, qui s'amusent à contredire leurs maîtres lors des leçons sur les volumes.

Inutile de dire combien tout cela bouleverse nos vies ; chacun s'y adapte comme il peut.

La profession de géomètre est en plein boom ; on en demande partout, tout le temps. Avant chaque match de football ou chaque course d'athlétisme, il faut remesurer le terrain. Le plus souvent, il suffit de redessiner les lignes. Mais parfois, c'est tout le stade qui est à refaire. Les clubs ont renoncé aux tribunes fixes et, avant chaque match, ils installent des tribunes provisoires qu'ils déplacent de dix ou vingt mètres la semaine suivante, pour les rapprocher des joueurs.

Les métiers du transport ont aussi beaucoup changé. Les villes sont aujourd'hui si grandes que les livreurs de pizzas ne peuvent plus les traverser à vélomoteur ; ils le font sur de grosses cylindrées, qu'ils doivent apprendre à piloter lors de stages intensifs. Le prix des livraisons s'en ressent. Pour les camionneurs, aller de Marseille à Sedan est aujourd'hui une expédition, dont ils ne peuvent pas dire combien de temps elle durera. Les syndicats revendiquent des primes pour compenser l'allongement des distances parcourues. Il va sans dire qu'avoir du poisson frais dans les terres relève aujourd'hui de la gageure, les grands restaurants n'ayant pas d'autre solution que de faire livrer par avion spécial les soles et les colins que les chefs mettent au menu.

Tout le monde se demande si le phénomène va continuer et, le cas échéant, dans quelles proportions.

Certaines régions du monde sont épargnées, ou presque – l'Irlande, le Japon, l'Australie, par exemple. Leurs habitants trouvent acceptable l'expansion mesurée de ces pays, notamment les jeunes couples qui achètent une maison en sachant qu'elle grandira en même temps que la famille, avec un bout de pelouse qui finira en grand jardin où ils pourront planter des arbres fruitiers et installer une balançoire pour les enfants. D'autres régions, comme l'Afrique subsaharienne et l'Ouest asiatique, sont en revanche plus menacées. La France, à l'instar de l'Europe, demeure dans la moyenne. L'Angleterre et l'Écosse, pour des raisons inexplicables, figurent parmi les pays qui s'étendent le plus lentement dans le monde. Lors des sommets européens, leurs diplomates disent en souriant que c'est à cause du flegme britannique.

L'autre soir, le professeur Renouvier était invité à la télévision. « Si tout cela continue, a-t-il expliqué, la France sera bientôt grande comme l'Amérique. Rallier Brest depuis Thionville sera comme aller de Sébastopol au détroit de Behring. De telles distances nous ramèneront au Moyen Âge. Les habitants des provinces pesteront encore plus que d'habitude contre l'éloignement des bureaux parisiens, à raison ; et la France jacobine deviendra un État fédéral. Il y aura de l'espace à revendre : le prix du foncier chutera, la terre sera quasiment gratuite, y compris dans les villes. Pourra-t-on d'ailleurs encore parler de villes ? Là où les immeubles se touchent aujourd'hui, il y aura demain de grands trous. Tout aura pris de la distance. Déjà, les banlieues de Paris se détachent. Par exemple, Bourg-la-Reine est en ce moment à cent kilomètres de la capitale, Boissy-Saint-Léger à trois cents. Et demain ? Dans les villes, les rues deviendront des boulevards, les squares des parcs et les pâtés de maisons des îlots, avec du vide autour. Si vous me permettez ce néologisme, les villes ne s'agglomèrent plus : elles se dégglomèrent. » La formule a fait florès, et tout le monde parle désormais de la dégglomération du monde, le grand phénomène de notre siècle.

J'ai beaucoup réfléchi à ce qu'a dit Renouvier. Si l'on tire sur le fil, voici ce qui devrait se passer : chacun finira tout seul sur son immense bout de terre, en s'éloignant chaque jour davantage du bout de terre des autres. On pourra marcher pendant des semaines et même des mois sans rencontrer âme qui vive ; même s'il y avait vingt milliards d'habitants dans le monde, on aura suffisamment d'espace autour de soi pour ne jamais croiser personne. Les visionnaires pensaient autrefois que l'espèce humaine, de plus en plus nombreuse, devrait quitter la Terre pour coloniser une autre planète. Ils avaient tort : en réalité, il suffira de marcher un peu pour trouver d'immenses espaces vierges où fonder son royaume personnel.

Un roman démarqué de Verne vient de paraître en librairie, qui rencontre un grand succès : *Le Tour du monde en quatre-vingts ans*. Il raconte l'épopée d'un Anglais qui parie dans son club que lui et sa famille parviendront à faire le tour de la planète en moins de trois générations – le père, le fils et le petit-fils. L'auteur a voulu, dit-il, ironiser sur la dégglo-mération et ses conséquences. Mais je ne suis pas sûr que ce soit de la fiction. Au train où vont les choses, sortir de chez soi sera bientôt une aventure. La grandeur des distances réveillera chez l'homme le goût perdu de l'exploration. Les Irlandais, les Scandinaves et les Portugais, ces grands peuples conquérants, redeviendront des découvreurs et des pionniers. Les prochains grands hommes ne seront plus des artistes ou des hommes d'État, comme aujourd'hui, mais plutôt des voyageurs, des pèlerins, des nomades intrépides. Ils se jetteront une pelisse sur le dos, mettront de la viande séchée dans leur besace et partiront bâton en main à la redécouverte du vaste monde.

(*À suivre*)

Une collection très particulière (VI)
Cuisine

À ma surprise, la bibliothèque de Gould contient un rayon de livres de cuisine. Gould aime la bonne chère, c'est vrai, mais personne ne l'a jamais vu aux fourneaux ; lui-même reconnaît qu'il déteste cuisiner, et qu'il est à peine capable de se faire cuire un œuf. Mais surtout, je ne pensais pas que Gould jugerait des livres de cuisine dignes de figurer dans sa collection. Le prendrais-je – enfin ! – en défaut ? Je lui fais part de mes réflexions, non sans un peu de malice ; il sourit et répond : « C'est qu'il ne s'agit pas de livres de cuisine comme les autres. Mais en doutiez-vous ? Je n'admets rien de banal sur ces rayonnages, vous le savez bien. Tenez, celui-ci par exemple (il montre un fort volume) : *Plats des nuits mauvaises*, recueil du gastronome belge Henri Dumourier. Cent recettes apparemment normales, qui mettent l'eau à la bouche ; mais si vous respectez les proportions indiquées par l'auteur, elles vous causeront de fameux ennuis gastriques, qui vous empêcheront de fermer l'œil – d'où le titre. Mais tenez ! Voyez aussi celui-là ! (Il montre un autre livre). Il s'intitule гастроно-мие фациле, autrement dit *Gastronomie facile*. Son auteur s'appelait Mourloukine : un savant soviétique comme on en formait sous Staline, doté de tous les talents – un peu chimiste, un peu dermatologue, un peu biologiste et un peu gastronome. Il a réuni ici cent dix recettes de son invention, à base de substances et de plantes aux effets secondaires puissants. Manger ces plats provoque toutes sortes de réactions cutanées, surprenantes, inoffensives et, surtout, très décoratives : perte de la pigmentation, motifs géométriques, visage orange ou violet, lèvres blanches, etc. C'est bénin, je vous assure, et généralement temporaire – chaque fois que j'ai essayé, sur moi ou sur mes invités consentants, les conséquences se sont effacées au bout d'une quinzaine de minutes. Vous n'imaginez pas comme cela anime un dîner ! Regardez : l'illustrateur a reproduit les plats à gauche, les corps de ceux qui les ont mangés à droite. Comme les premiers sont appétissants, comme les seconds sont beaux ! Nous dînerons ensemble un de ces soirs, je vous en ferai goûter. » Et Gould de faire défiler les images des convives attablés, le visage et les mains quadrillés de carreaux verts et jaunes, mouchetés de taches argentées ou couverts d'éruptions multicolores. Horrifié, je lui réponds que je me contenterai d'un dîner conventionnel ; mais il se tourne déjà vers un autre joyau de sa collection.

« Voici mon préféré. Regardez-le bien, car il est rare et vaut très cher : c'est le *Grand Traité de la cuisine moderne*, de Sigismond Menonszki. Une pièce de poids, aux coutures fragiles, que je vous demanderai de manipuler avec délicatesse. Il contient mille recettes. »

Gould pose le livre sur un lutrin et l'ouvre au hasard. «Tenez, voyez celle-là : Ailes d'escargots aux épinards sautés à cru et croûte de noisettes. Appétissant, non ? (Il tourne une page.) Et là : Poumon de langoustine et lieu jaune aux asperges vertes. (Une autre.) Fondant au chocolat et crème de chêne-liège. (D'autres.) Carpaccio de truite demi-sel et sa vinaigrette au miel de tortue. Gigot d'agneau de cent ans du Mexique et ses fleurs de courgettes farcies. Encornet d'eau douce flambé à l'alcool anisé sur son risotto crémeux et ses tuiles au parmesan. Cuisse de tourteau aux légumes croquants et coulis de tomate. Ananas poêlé à la vanille et glace à la fève de pomme. Pruneaux marins au vin rouge et à l'armagnac. Coquelet aux ris d'écrevisse flambé au calvados et châtaignes… »

Gould éclate de rire.

«Bien entendu, aucune de ces recettes n'est *possible*. Même les plus simples nécessiteraient des produits qui n'existent pas : un escargot n'a pas d'ailes, ni les langoustines de poumons, et nulle part les agneaux ne vivent cent ans. Le préfacier, Lobarcik, dit dans sa présentation qu'on n'oublie jamais un plat inventé par Menonszki. Je veux bien le croire ! Mais comment les a-t-il goûtés ? Où a-t-il trouvé les cuisses de tourteaux et les ris d'écrevisse ? Et l'agneau centenaire du Mexique, il l'a fait venir par bateau ? Mon rêve, voyez-vous, ce serait qu'on me serve un plat de Menonszki. Au restaurant, je cherche toujours son nom dans la carte. Je ne le trouve jamais, mais je demande tout de même au garçon si le chef connaîtrait par hasard une de ses recettes. *Une recette de Menonszki* – n'importe laquelle, à n'importe quel prix. Chaque fois, chou blanc : le garçon part en cuisine, et revient dire que c'est impossible. Ou bien, si le chef veut sauver la face, il me transmet naïvement sa réponse, ignorant combien elle fait ma joie : que la maison m'aurait volontiers satisfait, mais qu'il n'y a pas eu d'arrivage aujourd'hui. »

Dix villes (VIII)
Caori, au Brésil

Gould : « Caori est une bourgade de douze mille âmes au fin fond du Brésil, au bord de l'Amazone. J'y suis allé une fois et me plais à lui donner le nom de "Funès-City", d'après une boutade de mon ami Hernán Zuazo (sans lien avec le révolutionnaire du même nom). Pourquoi "Funès-City" ? Par référence, évidemment, à "Funès ou la mémoire", ce conte de Borges dont le héros est incapable de rien oublier, car doué d'une mémoire monstrueuse qui emmagasine tout, jusqu'aux infimes détails. Eh bien, c'est exactement ce qui se passe à Caori : le visiteur qui y séjourne n'oublie jamais rien de ce qu'il y fait, tout reste gravé dans sa mémoire avec une précision qui l'étonne lui-même. Tenez, moi, par exemple : mon voyage là-bas remonte à quinze ans, mais je peux tout vous raconter à la minute près, et même à la seconde – ce que j'ai vu, qui j'ai rencontré, ce que j'ai dit, mangé et bu, quelles idées j'ai eues, le motif du papier peint dans ma chambre, la couleur du couvre-lit, les numéros des bus que j'ai empruntés, etc. Tout. Je me souviens de ce séjour mieux que de ma journée d'hier, ou de ce matin, et même du début

153

de cette conversation. Je pourrais en faire un récit *complet*, sans rien omettre ; mais il serait comme les récits de Funès, aussi long que le voyage lui-même.

Mon ami Zuazo connaissait ce pouvoir de la ville, mais il ignorait si l'hypermnésie qu'elle provoque ne touche que les étrangers ou si elle concerne aussi les habitants. Franchement, pour ces derniers, je doute que ce soit possible. Quelqu'un qui serait né à Caori et qui n'en serait jamais parti garderait chaque instant de sa vie gravé dans sa mémoire, son passé entier enfermé dans son crâne, inexpulsable ! Rappelez-vous d'ailleurs le sort de Funès dans la nouvelle… Non, c'est impossible. Sans doute les habitants de Caori, s'ils sont concernés, ont développé des mécanismes de défense contre l'envahissement des souvenirs.

Pendant des années, j'ai voulu y retourner, pour faire une nouvelle fois l'expérience de ma mémoire décuplée. Comme elle aurait été pratique dans ma jeunesse, au moment des examens ! Il m'aurait suffi de prendre l'avion pour le Brésil avec mes cours, de m'installer à Caori dans un café et de les relire en buvant du guaraná, sans effort pour les retenir. À mon retour, je me serais rappelé chaque mot aussi nettement que si j'avais des antisèches sous les yeux.

Mais à présent, je me demande si revisiter Funès-City est une bonne idée. Avoir des souvenirs indestructibles : pour quoi faire, après tout ? *That is the question*. Je pourrais peut-être emporter quelques beaux livres, des classiques, des romans que j'aime, pour les savoir par cœur. Je les réciterais ensuite sur demande, je les connaîtrais mieux que personne. Ou alors, j'emmènerais mes disques favoris, pour les incruster dans ma tête et me les rejouer à loisir, comme si j'avais un juke-box intégré. Je pourrais aussi partir en couple, m'adonner à toutes les cabrioles et enregistrer dans ma mémoire des scènes sexuelles d'une grande précision qui satureraient mon imaginaire érotique, pour meubler mes vieux jours… Il y a dix ans, je n'aurais pas hésité. Mais à présent, je trouve tout cela inutile, et même un peu absurde. Le souvenir d'un beau livre, d'une grande musique, d'une peau de femme… À quoi bon ? Mourrai-je plus heureux ?

En fait, ce que j'aimerais, je crois, ce n'est pas me souvenir des choses, mais les oublier. Oui, voilà : oublier. Habiter une ville d'amnésiques, où les souvenirs se dissolvent et où la vie passée s'efface. Non, je ne retournerai jamais à Caori. »

Une collection très particulière (VII)
Les évaporés

Voici un rayon bien étrange, que Gould me fait visiter en silence, en parlant à voix basse – comme si nous passions devant la tanière d'un fauve.

– Ce que je vais vous montrer est peu spectaculaire. C'est très lent, et vous aurez sans doute l'impression qu'il ne se passe rien ; il faudra me croire sur parole et vous fier aux mesures que j'ai faites, consignées dans ce carnet.

Il produit un livret dont il fait défiler les pages sous son pouce ; elles sont griffonnées et leurs dos sont zébrés de reliefs – l'habitude de Gould, quand il écrit au stylo-bille (il est plus délicat avec une plume), d'insister impatiemment, en appuyant très fort.

– Les auteurs ici réunis, donc, ont la même obsession : ne pas employer trop de mots pour ne pas alourdir leurs phrases, et donner à lire le minimum. C'est le souci de tous les écrivains, direz-vous ; mais tous n'en font pas comme eux une maladie, et beaucoup cèdent au plaisir d'un détail inutile, d'une bonne formule, d'un ornement – pente irrésistible quand l'inspiration est là, et certains ont donné leurs meilleures pages en se laissant glisser. Pour les miens, donc, pas de détail, rien qui ne soit strictement nécessaire ; ils combattaient à mort la graisse inutile, chassaient les mots superflus. Sans cesse ils effaçaient, allégeaient, relisaient à coups de gomme ; comme ces athlètes qui cent fois refont le même saut pour l'épurer, éliminer les gestes parasites, atteindre au résultat avec le moins de mouvements musculaires possible.

J'interromps Gould pour une remarque spirituelle, croyant avoir deviné le secret de ces écrivains :

– Leurs livres doivent être bien minces ; si minces que peut-être ils n'existent pas ? Est-ce cela ?

Gould secoue la tête d'un air navré.

– Pas du tout. Vous confondez la simplicité et la pauvreté, la discipline et l'impuissance. Ceux dont je parle n'étaient pas de ces philosophes qui cherchent dans le néant une réponse au problème qui nous occupe. Non. Ils ambitionnaient de ne rien dire de trop, c'est vrai, mais aucun n'aurait pensé que ne rien dire du tout était la solution : c'eût été résoudre le problème en supprimant ses données.

Gould se compose une mine ennuyée, comme s'il ne savait pas comment présenter les choses. Je devine pourtant qu'il a son discours tout prêt, et qu'il joue la comédie pour capter mon attention.

– On pourrait comparer leur quête à celle d'une femme devant son miroir. Elle usera de fards et de bijoux, mais avec mesure : des poudres pour les yeux, oui, mais en petite quantité ; des boucles d'oreilles ou un collier, mais pas les deux ; et un simple chignon qui mettra son visage en valeur, plutôt qu'une coiffure élaborée. Comprenez-vous ? Autant la femme dose ses artifices sans y renoncer, autant mes écrivains se tiennent entre litote et hyperbole, ces deux figures de l'excès. Pour chaque phrase, donc, ils ont cherché le point d'équilibre, pour chaque œuvre son nombre d'or. Ils les ont fait relire par leurs amis pour traquer le mot inutile ; jusqu'au dernier moment ils ont corrigé, biffé, réduit leur manuscrit – plus rarement ils l'ont augmenté, rajoutant des mots, parfois des phrases entières et même des paragraphes, afin d'obtenir avec une méticulosité maniaque (et, pour certains, pathologique) le dosage parfait, le volume idéal, le *poids de forme* de leur texte. Et encore, une fois le livre imprimé, ils découvraient en le relisant des mots en trop, des développements sans intérêt ; ou alors, ils sentaient qu'il manquait ici ou là un adjectif, un détail, une précision. Horrifiés, ils reprenaient tout le texte pour le retailler, jusqu'à ce que le résultat les satisfasse.

Gould feuillette distraitement son carnet.

– Mais venons-en à ce qui rend ces livres extraordinaires ; car enfin, ce que j'en ai dit jusqu'ici est intéressant, mais pas magique.

Il prend son inspiration.

– Ceux que j'ai rassemblés ont donc été travaillés au corps par leurs auteurs, taillés comme des diamants. Combat singulier, duel entre l'écrivain et son texte. Eh bien ! le fantastique, c'est que ces ouvrages-là ont conservé la mémoire de ce combat, et qu'ils s'efforcent spontanément de prolonger l'intention de l'artiste. Pour le dire sans détour, *ils continuent de se corriger eux-mêmes*, tout seuls, sans intervention humaine. Ils se transforment, s'amaigrissent, poursuivant l'effort de l'écrivain.

Je fronce les sourcils ; devançant mon scepticisme, Gould ouvre son carnet et commente ses notations.

– Prenons par exemple *Outrages aux bonnes mœurs*, un roman psychologique d'Alfred Benders, paru en 1966. C'est un écrivain qui n'a pas laissé de trace, et qui n'a publié qu'un autre roman avant de se tourner sans succès vers le cinéma. Je possède ce livre depuis dix-neuf ans. Quand je l'ai acquis, il comportait 75 677 mots, en moyenne 310 par page – d'après le libraire qui me l'a vendu, homme très pingre dont je puis vous assurer qu'il était rigoureux avec les chiffres. Après cinq ans, croyez-moi ou non : il n'y en avait plus que 74 886. Le roman s'était allégé de 791 mots. Parfaitement. Alors qu'il était resté enfermé dans cette pièce ! Aucun trafic, aucun trucage, aucune manipulation. *Outrages aux bonnes mœurs*, suivant le mouvement de perfectionnement de Benders, s'était lui-même délesté de centaines de vocables inutiles, continuant tout seul le chemin vers son poids de forme. Et de fait, à la relecture, il m'a paru meilleur ; c'était subtil, mais il y avait vraiment quelque chose de changé – plus de rythme, de légèreté. D'autres détenteurs de ce livre ont confirmé mes observations : partout dans le monde, les exemplaires d'*Outrages* maigrissent. Si vous avez le courage, recomptez : je parie qu'il est passé sous la barre des 74 000 mots. Incroyable, n'est-ce pas ?

C'était en effet stupéfiant, et je regrettai que le phénomène fût trop lent pour être constaté à l'œil nu.

– Ils mettent des mois, parfois des années à maigrir, dit Gould. On ne peut pas les voir s'évaporer à l'œil nu.

Je fis observer qu'on pourrait photographier quotidiennement chaque page puis monter les clichés et les projeter en accéléré, pour rendre visible leur métamorphose. Gould trouva que c'était une bonne idée, mais il n'était pas sûr que les livres se soumettraient à ce genre d'observation.

– Vous pensez bien que j'ai tout tenté pour les surprendre. Je n'y suis jamais parvenu. Pendant un temps, ça a même été chez moi une idée fixe : tous les jours, je venais consulter un livre de la section, toujours à la même page, apprise par cœur ; j'attendais le moment où elle compterait moins de mots que la fois d'avant. Échec systématique. J'en suis arrivé à la conclusion que rien ne se passerait tant que je les harcèlerais, et qu'il fallait laisser mes livres s'évaporer tranquillement. Comme des vins en fût, ou des fromages à l'affinage : il ne faut rien bousculer pour que les levures opèrent, et que la nature fasse son œuvre. On ne gagne rien à précipiter le processus, on risque même de l'arrêter. C'est pourquoi je vous ai demandé de ne pas parler trop fort, afin de ne pas déranger mes livres dans leur fermentation.

Dans son carnet, Gould fait tout de même un relevé mensuel de mots sur quelques romans et, tous les cinq ans, il établit un comptage intégral.

– Nous faisons cela en équipe, et passons des moments très conviviaux à compter les mots. Si le cœur vous en dit, vous vous joindrez à nous la prochaine fois.

Parcourant les relevés, je constate que les évolutions sont en effet très lentes : il est fréquent qu'une page reste inchangée pendant des mois, voire des années. Puis, un beau jour, elle a perdu un mot ou deux, comme ça, sans prévenir. Gould a une explication :

– La plupart sont déjà bien avancés dans leur amaigrissement (ou leur engraissement car, comme je vous l'ai dit, certains doivent s'étoffer pour atteindre la perfection, même si c'est plus rare), et les modifications nécessaires pour atteindre le poids de forme sont de moins en moins nombreuses. C'est donc lent, un peu laborieux. Parfois, je me demande si cela doit s'achever un jour. Est-il possible pour aucun livre d'atteindre *vraiment* à la perfection ? Peut-être ces améliorations sont-elles asymptotiques : elles les amèneront toujours plus près de l'absolu, sans qu'ils l'atteignent jamais. Alors les évaporations continueront goutte à goutte, jusqu'à la fin des temps. Dans dix ans, un mot de plus à la page 234, dans vingt ans, un mot de moins à la page 67, etc.

Au hasard du carnet, je remarque que certains livres maigrissent de manière plus spectaculaire.

– Tenez, celui-là, dis-je à Gould : 89 556 mots en 1976, 75 089 en 1977, 72 087 l'année suivante…

Gould sourit.

– Oui, il y a quelques excités comme cela. Tenez, celui-ci est plus épatant encore : il ne perd pas des mots, mais des pages entières ! C'est extraordinaire. En 1986, 226 pages. En 1988, moitié moins. À ma dernière observation, ce n'était plus qu'une quinzaine de feuillets ; je l'ai sorti de la bibliothèque pour l'enfermer dans un coffret, comme un mourant sous une tente à oxygène. Si ça se trouve, à l'heure qu'il est, il a entièrement disparu.

Comme je demande à Gould l'explication de ce prodige, il éclate de rire.

– Vous ne comprenez pas ? Ces romans cherchent tout seuls la perfection que leur auteur n'a pas su ou pas pu leur donner. Mais pour certains, la perfection est inaccessible, parce qu'ils sont trop mauvais pour l'atteindre. Alors ils se suicident en se raccourcissant. C'est logique : ils se trouvent meilleurs avec cent cinquante pages qu'avec deux cents. Et meilleurs encore avec cent pages qu'avec cent cinquante. Ainsi de suite, jusqu'à la page de garde. C'est là qu'ils seront les plus proches de la perfection, allégés de tout ce qui n'est pas bon. Le mieux pour eux serait de n'avoir jamais été écrits ; à défaut, c'est de se désécrire complètement.

Fasciné, je suis frappé par une idée.

– N'est-on pas proche alors de ce que je disais tout à l'heure : des écrivains qui, pour ne rien écrire de trop, n'écriraient rien du tout ?

– Certes. À cela près qu'ici, ce ne sont pas les auteurs qui pratiquent le nihilisme, mais les romans. Enfin, vous avez raison : j'y suis allé fort quand je vous ai dit que vous n'y étiez pas, et votre remarque était pertinente.

Gould se hisse sur la pointe des pieds, et tire d'un rayon élevé un petit livre qu'il me donne.

– Pour me faire pardonner. C'est un cadeau.

Stupre en Italie. J'imagine le contenu. Gould pouffe.

– Dépêchez-vous de le lire : c'est un cadeau consomptible. Un très mauvais roman, qui se corrige en filant à grande vitesse vers le néant.

Notre époque (VI)
Jouvence

Si un homme revenait d'un long voyage sans savoir qu'on a découvert récemment le moyen de rajeunir, il aurait l'impression de débarquer sur une autre planète. Moi qui connais l'élixir de jeunesse, qui fréquente de nombreux rajeunis et qui ne devrais plus m'étonner de rien, j'avoue être surpris tous les jours.

Au début le sérum était cher, les honnêtes gens s'en méfiaient. Rajeunir, disait-on dans les provinces, c'est bon pour les snobs parisiens et pour les homosexuels. Mais très vite le prix du traitement a chuté et la population, incapable de résister, s'est mise à rajeunir en masse. La technique se perfectionnant, on a pu choisir l'âge qu'on voulait retrouver avec de plus en plus de fiabilité ; les fioles de sérum se vendent aujourd'hui avec des dosimètres, on remplit soi-même son verre (le sérum se boit comme un sirop) en choisissant combien d'années on veut perdre – dix, vingt ou même cinquante, selon son envie. On ne rajeunit cependant que de corps ; l'esprit reste vieux, en sorte qu'on peut avoir une sagesse de vieillard dans une enveloppe de jeune homme. Les médecins assurent que le traitement est sans danger, et qu'on peut même se l'infliger plusieurs fois. Il en résulte tant d'incongruités qu'on ne saurait en donner un panorama complet.

On est au café, à siroter une bière, lorsqu'on remarque à la table d'à côté un gamin de huit ans faisant des mots croisés en buvant du pastis. Au moment de payer, il sort de son portefeuille un billet qu'il tend au serveur en s'excusant de ne pas avoir la monnaie. Il a en réalité quarante ans ou plus, quelque peine qu'on ait à le croire.

Des garçonnets en costume circulent dans la rue, avec des serviettes en cuir noir ; ce sont des banquiers ou des assureurs. Dans le métro, d'honorables vieilles dames au corps d'adolescentes se tiennent debout dans les allées, vêtues comme des collégiennes, casque aux oreilles, fières de n'avoir pas à réclamer de place assise et d'être à nouveau regardées par les jeunes hommes.

Au théâtre et au cinéma, les grands acteurs d'autrefois font de nouvelles carrières. Ils rajeunissent puis tournent des versions modernes de leurs anciens films, sous la direction de réalisateurs en vogue. C'est le *remake à casting constant*, nouveau genre à la mode.

Dans les écoles, certains professeurs paraissent plus jeunes que leurs élèves. Beaucoup de parents, dont certains se sont rajeunis, constatent leur perte d'autorité. Une controverse s'en est suivie. Le gouvernement a finalement limité l'usage du sérum chez certaines professions, notamment les instituteurs, les policiers et les magistrats. Les syndicats de fonctionnaires ont protesté en invoquant le droit pour chacun d'avoir l'âge qu'il veut, mais l'exécutif a tenu bon. En guise de riposte, certains ont suggéré d'interdire le sérum aux élus et aux ministres : la politique est après tout une chose sérieuse, il n'est pas raisonnable que des sexagénaires à l'allure de bambins président aux destinées du pays. Là encore, la proposition a suscité une polémique, et divisé la classe politique. Le président du Sénat, octogénaire mais partisan du progrès, a décidé pour marquer les esprits de perdre soixante-dix ans d'un coup. Un matin, il est arrivé à la chambre dans son jeune corps de lauréat du Concours général, comme si de rien n'était. Impressionnés, tous les sénateurs de son camp l'ont imité et le palais du Luxembourg, ce haut lieu de la sagesse parlementaire, ressemble aujourd'hui à une pouponnière dorée. Pour ne pas envenimer la situation, le projet de loi litigieux a été abandonné.

Chez certains couples, les partenaires font sou-vent des choix opposés : la femme se lance dans le rajeunissement à tous crins tandis que le mari veut jouir de sa retraite et refuse – parfois l'inverse. Du coup, on voit fréquemment des quinquagénaires tenant par la main des jeunes filles en fleur, ou des femmes mûres au bras d'adolescents débraillés. J'étais l'autre soir à un dîner, où je suis arrivé en même temps qu'un invité accompagné de deux jeu-nesses de quinze ans. Ce n'étaient pas des sœurs mais son épouse et leur fille. Personne ne s'est ému. Il arrive souvent qu'on se trompe sur l'âge des gens : cela provoque des quiproquos amusants. Comment savoir si la jolie personne qu'on aborde a quatorze ou soixante ans ? La plupart du temps, les juges ferment les yeux et, pour se tirer d'une accusation de détournement de mineure, il suffit de plaider la bonne foi.

Notons que si le sérum rend sa jeunesse au corps, il n'augmente pas l'espérance de vie. Un vieillard grabataire redevenu jeune homme ne verra pas l'heure de sa mort retardée ; simplement, il trépassera en bonne forme et sans souffrances, dans son corps de vingt ans. De là une nouvelle mode : quand ils sentent leur dernier souffle approcher, certains retraités boivent une énorme dose de sérum pour mourir sous forme de nourrissons. On construit pour eux des cercueils minuscules, qui désencombrent les cimetières et font rire les croquemorts.

Les Français qui n'ont pas souhaité rajeunir – ils sont de plus en plus rares – se sont regroupés dans l'association des « Partisans de la vieillesse ». Ils recrutent principalement chez les catholiques, les nudistes et les végétariens. Quelques snobs prétendent aussi que dans ce monde de jeunes, faire son âge est une façon de se distinguer, une forme d'élégance ; ils trouvent le rajeunissement « provincial ». Dans les milieux branchés, avoir des cheveux blancs et des problèmes de prostate est en passe de devenir un *must*. Les antisérums défilent chaque année dans les rues de Paris, à l'occasion de la fête des grands-mères. Le célèbre écrivain Philippe Missile est leur héros : dans son dernier roman, *Les Rides*, il imagine un avenir où les vieux, persécutés par les rajeunis, se réfugient sous terre jusqu'à ce qu'un leader charismatique les incite à la révolte.

Dans les familles, le sérum est devenu le principal sujet de discorde, loin devant la politique et l'argent. Les miens n'y échappent pas : il y a d'un côté les supporteurs de la jeunesse, qui rayonnent de santé et pratiquent des sports extrêmes, de l'autre les vieux, qui soutiennent avec dédain que vingt ans n'est pas le plus bel âge de la vie. J'ai toujours du mal à garder à l'esprit qu'ils ont en fait le même âge. Mon oncle Yvon, comme d'habitude, a pris lors de la dernière réunion familiale une photo de la tribu. Sur les neuf enfants du premier rang, cinq sont des vrais ; les quatre autres sont ma tante Alice, mon oncle Hervé et mes cousins Hubert et Richard. La demoiselle que je tiens par l'épaule au second rang n'est pas ma fiancée mais ma tante, Hélène. Parmi les « intacts », comme on dit, mes parents ressemblent à deux instituteurs au milieu de leurs élèves ; quant à mon grand-père, irréductible ennemi de tout sérum qui ne provienne pas de la vigne, il semble venu de son temps avec son veston démodé et sa canne en noyer.

Vieux contre rajeunis, le combat continue. Chacun campe sur sa position. À ce qu'il paraît, beaucoup regrettent cependant en secret d'avoir bu le sérum. Ils ne l'avouent pas, bien sûr, et assurent qu'ils sont ravis ; mais au fond, ils ne se reconnaissent plus, et se sentent mal dans leur peau. On dit qu'en Amérique, des savants ont inventé une potion qui fait vieillir. Une bonne rasade et les rajeunis pourront bientôt retrouver leurs rides et leurs varices. Demain donc, nous pourrons en prenant l'un ou l'autre élixir choisir chaque matin notre âge, comme on choisit sa toilette. Ce qui n'empêche pas qu'un jour, jeune ou vieux, on mourra.

En tout cas, les rieurs ne manquent pas d'occasions depuis que le sérum est en vente. J'en mentionne quelques-unes :

– Luciano Marcotti, chanteur lyrique mondialement connu, s'est surdosé et a retrouvé son corps d'enfant. En attendant que sa voix mue, il a annulé tous ses récitals pour cinq ans.

– La marquise de Redon-Masure, soixante-douze ans, a été parmi les premières à expérimenter le sérum. Les jours qui ont suivi, elle a couru tous les bals pour exhiber sa jeunesse retrouvée. Elle avait hélas oublié les vicissitudes d'un corps de jeune fille et pendant qu'elle dansait, un soir, une samba, on vit un filet de sang couler sur ses mollets.

– À soixante-six ans, l'actrice Catherine Marlac a retrouvé son allure de vingt ans et sa tumeur, aussi, qu'on lui avait autrefois ôtée avec succès.

– L'acteur Brian Fox, le plus bel homme du monde, a récupéré ses dents de travers et son visage d'adolescent, couvert d'acné.

– Plus proche de moi, ma tante Ghislaine a voulu rajeunir sans le dire à son mari. Il ne l'a pas reconnue et lui a fait la cour en racontant qu'il était veuf et très riche.

– Et s'il m'est permis de conclure en parlant de moi, moi qui suis hideux depuis l'enfance et qui m'y

suis habitué – je me trouve moins laid en vieillis-
sant –, je dirais que je ne vois pas l'intérêt de cette
potion magique dont les utilisateurs disent tous
qu'elle a très mauvais goût.

Une collection très particulière (VIII)
Sauveurs et meurtriers

I. Sauveurs

« Dans cette section, dit Gould, j'ai rassemblé quelques livres qui ont sauvé des vies. Ce n'est pas banal, vous l'admettrez. On décerne des médailles aux gens qui se jettent à l'eau pour sauver des malheureux de la noyade, mais jamais aux livres qui accomplissent des actes comparables. À ma manière, je répare cette injustice. »

Il tire quelques volumes du rayon. « Celui-ci, par exemple, a sauvé un homme atteint d'une maladie rare, si rare qu'il croyait être seul au monde à en souffrir. Né en 1850, il s'appelait Vincent Marceau. Sa maladie, donc, dont je ne sais plus le nom, provoquait toutes sortes de déformations, si monstrueuses, paraît-il, qu'on regrette de n'en posséder aucune photo. Elle causait aussi des migraines, des vomissements, des paralysies, et arrêtait la pousse des cheveux. Après avoir consulté tous les médecins du pays, Marceau s'était résigné à l'idée de ne jamais guérir, convaincu de mourir bientôt. "Le plus dur, disait-il, c'est de se savoir un cas unique, de n'avoir personne qui sache ce que j'endure. Être seul, sans espoir de traitement, c'est la pire des souffrances."

En 1900, alors qu'il avait cinquante ans et qu'on lui donnait six mois à vivre, Marceau a découvert ce livre anonyme, publié à Paris en 1701 et intitulé *Horrible mal et son remède*. On y décrit une maladie similaire à la sienne, avec les mêmes symptômes ; surtout, on explique comment la guérir, au moyen d'une décoction complexe à base de plantes rares. Sceptique, Marceau a suivi la prescription, en se disant qu'il n'avait rien à perdre et qu'un empoisonnement, dans son état, serait un moindre mal. Il fit donc préparer le breuvage par son pharmacien, et l'ingéra méthodiquement selon la posologie indiquée par le livre. Le croirez-vous ? Au bout d'un mois il allait mieux, et remarchait ; six mois plus tard ses déformations s'étaient résorbées, sauf sur les bras. Après une année, il était complètement guéri. Passé à côté d'*Horrible mal et son remède*, il serait mort ; on peut donc dire que ce livre l'a sauvé. »

J'examine le volume et caresse son cuir craquelé. (J'aimerais le passer sous mon nez pour en respirer l'odeur moisie mais Gould réprouverait sans doute ce geste, aussi je m'abstiens.)

« Marceau, vous l'imaginez, a cherché à en savoir plus sur *Horrible mal* et son auteur. Il n'a rien trouvé : aucun libraire, aucune bibliothèque, aucune université n'a pu le renseigner. Il a envoyé des lettres dans le monde entier, sans succès. Le mieux qu'il a pu obtenir, c'est de faire dater son exemplaire – il a bien été imprimé en 1701, sous Louis XIV. Henri Marceau, le fils de Vincent, a écrit un beau texte sur ce sujet. En voici un extrait : "Pour ce que nous en savons, observe-t-il, il ne restait en 1900 – l'année où mon père l'a découvert – qu'*un seul* exemplaire d'*Horrible mal* sur Terre, et *un seul homme* souffrant des maux qu'on y décrit. L'extraordinaire, qui laisse à penser qu'il y a une Providence, c'est que cet exemplaire unique et ce malade unique se sont rencontrés. *Horrible mal* aurait pu dormir éternellement dans une bibliothèque à l'autre bout du monde, ou être rongé par des souris parmi des livres anciens sans valeur, au fond de la réserve d'un libraire. Mais non : suivant un chemin tracé par Dieu, il s'est trouvé dans les mains de mon père, le seul homme au monde qui serait mort de ne l'avoir pas lu." »

Gould sourit : « Inquiétant, non ? Car si la Providence a porté *Horrible mal* chez Marceau, alors c'est elle aussi qui l'a conduit jusqu'à moi. Dois-je m'attendre à contracter à mon tour la maladie ? Sinon, à quoi servirait-il que je le possède ? » Nouveau sourire, puis cette remarque : « Peut-être la maladie frappera-t-elle un de mes proches, un ami que je pourrai guérir grâce au livre, et qui me sera redevable de lui avoir sauvé la vie. »

Nous éclatons de rire – lui sans mélange, moi avec hésitation –, après quoi il me montre d'autres ouvrages salvateurs :

1° *La Vie en rose*, une méthode de psychologie à bon marché publiée en Amérique et qui, à croire la légende, aurait détourné des centaines de personnes du suicide entre 1950 et 1965 ;

2° *Les masques tombent*, roman d'espionnage que son propriétaire, le banquier Charles Renouvier, tenait contre lui le jour où un client ruiné lui a tiré dessus. La balle est encore incrustée dans le volume, où elle a pénétré jusqu'à la neuf cent cinquantième page ; l'auteur eût-il été moins bavard, Renouvier serait mort ;

3° La Bible, « évidemment ».

II. Meurtriers

Section inverse de la précédente : tous ses livres sont meurtriers – soit qu'ils ont tué, soit qu'ils en sont soupçonnés.

– Ce rayon n'est pas trop rempli, commente Gould, et j'aime autant cela. Pour tout vous dire, il fait un peu froid dans le dos. Quand je suis d'humeur sombre, je préfère le dissimuler pour n'être pas tenté par des idées noires – c'est la raison du rideau que vous voyez ici, que je peux tirer pour masquer la collection.

Les plus nombreuses victimes de ces livres sont leurs auteurs eux-mêmes.

– Ces textes leur ont demandé tant d'efforts, ils ont tellement peiné dessus, qu'ils ont fini par y laisser leur peau. Tenez, celui-ci par exemple (Gould sort précautionneusement un petit volume en mauvais état, aux bords écornés) : *Les Finances du Roi*, roman historique de Nathan Chasseloup-Laubat – un cousin du ministre de la Marine de Napoléon III. Le pauvre homme s'est acharné pendant dix-huit ans sur ces centaines de pages. Il avait ordinairement la plume facile, mais il n'arrivait à rien avec cette histoire-là, qui pourtant le hantait et qui ne voulait pas le lâcher. D'autres auraient sauté en marche, pas lui : il a bataillé, déchirant chaque soir les pages écrites dans la journée parce qu'elles n'étaient pas assez bonnes. Il s'aigrit, il devint méchant, il tomba malade ; il a fini par renvoyer sa bonne, et cessa de voir le monde. Ses amis l'ont prévenu qu'il devenait fou ; lui ne voulait rien entendre. Il a vécu ses dernières années dans la solitude, penché quinze heures par jour sur sa table, vivant de rien et ne pensant qu'à son livre. Il y mit le point final un soir de 1876. Le lendemain matin, on l'a trouvé froid sur sa chaise, son misérable tas de feuillets devant lui. Achevé. L'auteur aussi.

Gould considère sa collection de livres assassins.

– J'ai pensé grillager cette étagère et la fermer au moyen d'un cadenas, savez-vous.

Je souris, trouvant que Gould exagérait.

– Eh ! dis-je, si ces écrivains sont morts, c'est leur faute, pas celle du livre. Ce n'est pas la faute de sa hache si l'ouvrier se coupe la main.

– Il me semble que vous mésestimez le pouvoir de nuisance de ces ouvrages, répond-il, sans doute parce que vous refusez de croire qu'ils ont une âme – vous êtes trop rationnel. Moi, de temps en temps, quand j'entre dans cette pièce, surtout la nuit, j'entends des murmures, des sortes de lamentations. Ces bruits viennent des livres, j'en suis sûr. Ils ont tous un mort sur la conscience, et je vous prie de croire qu'ils ne dorment pas bien.

D'autres livres de la section n'ont pas tué leur auteur, mais leur lecteur. C'est le cas de *Géographie intime et universelle*, superbe livre d'art qui rassemble deux mille reproductions d'œuvres danoises du XXᵉ siècle. Son format n'est pas ordinaire : 125 × 90 centimètres, pour un poids de 9 kilos ; la couverture est fabriquée dans un carton rigide et les coins sont renforcés par des baguettes d'acier très coupantes.

– Si coupantes, explique Gould, que le possesseur de cet exemplaire s'est grièvement blessé quand il l'a laissé tomber sur son pied. La plaie s'est infectée, il a été mal soigné ; il en est mort. Voyez, il y a du sang séché, dit Gould en montrant une tache sombre sur l'acier.

Puis, désignant un autre livre :

– A également tué ce très petit volume, un missel à fermoir d'argent utilisé comme projectile dans une émeute à la fin de la guerre, et qui a malencontreusement atteint une fillette au visage. Elle en est morte sur le coup.

Là se trouve aussi le premier roman d'Enrique Vila-Matas, *La Lecture assassine*. Le sujet : un livre qui tue ses lecteurs.

– Je rêve de posséder cette arme fatale, confesse Gould. Ce serait comme une capsule de cyanure dans ma poche, un revolver miniature que je porterais sur moi. Le jour où j'aurai la fantaisie d'en finir, j'irai dans le bar d'un grand hôtel, je choisirai un bon fauteuil, je commanderai un verre et je commencerai ma lecture. Les gens passeront autour de moi sans faire attention ; peut-être certains glisseront en

silence pour respecter mon calme, ma paisible médi-
tation littéraire. Ils ne sauront pas que je suis en train
de me suicider et que, à la dernière page du livre, je
serai mort.

Dix villes (IX)
Livoni, en Sicile

Pleins de confiance, les fondateurs de Livoni construisirent la ville au pied d'un volcan qu'ils croyaient éteint.

Dix villes (X)
Saint-Hermier, en France

Un soir que nous jouions au whist, un ami de Gould nous fit ce récit.

« L'histoire se déroule voici une trentaine d'années – un peu moins, peut-être, peu importe. J'étais voyageur de commerce ; j'allais de ville en ville vendre du matériel de bureau. Mon plan de route n'était pas très scientifique : contrairement à mes collègues, je ne préparais jamais mes tournées. Mais j'avais du flair, et je faisais aussi bien qu'eux – parfois mieux. Bref. Un jour de printemps (c'était le 13 mai, car, je m'en souviens, je venais d'écouter une émission sur l'anniversaire de l'insurrection d'Alger), j'arrivai à Saint-Hermier, une ville de quinze mille habitants où j'avais l'intention de rester trois jours. Je pris une chambre dans un hôtel dont le nom m'échappe, et j'y dînai, avec deux autres clients : un convoyeur qui transportait je ne sais quoi vers l'Espagne et qui devait reprendre son chemin avant l'aube, et un certain Leroux, habitant Saint-Hermier mais qui vivait temporairement à l'hôtel parce que sa maison s'était écroulée. Après le repas, le patron nous offrit un digestif, que nous sirotâmes de bon cœur en bavardant.

La chambre était austère et vieillotte, comme souvent dans ces hôtels de province. Elle donnait l'impression d'entrer dans une époque disparue – papier peint à fleurs, abat-jour en dentelle, douche d'avant le Déluge. J'y trouvai une forme plaisante de dépaysement. La literie était profonde et, après avoir lu quelques pages d'un roman, j'éteignis et m'endormis.

*

Je me réveillai à six heures trente-cinq, sans réveil – mon sommeil était réglé comme une horloge. D'emblée, je fus intrigué par le silence ambiant, alors que ma chambre donnait sur la rue principale de la ville. Je n'y prêtai pas outre mesure attention. Après ma toilette, je descendis pour le petit déjeuner. En bas, personne ; les volets étaient fermés, tout était dans le noir. Je m'assis dans la salle déserte, en attendant que quelqu'un vienne ; j'attendis un quart d'heure. Étaient-ils encore tous au lit ? Je toussai, fis crisser ma chaise sur le carrelage, jetai un œil à ma montre : sept heures moins cinq. Agacé, je remontai dans ma chambre. Je redescendis vingt minutes plus tard. Toujours personne ! Je criai : "Il y a quelqu'un ?" Rien. Je sortis sans avoir déjeuné.

Dehors, la rue était calme. Trop calme. Aucune circulation ; sagement garées le long du trottoir, les voitures immobiles semblaient abandonnées. Les grilles des magasins étaient baissées, les enseignes éteintes. On se serait cru un dimanche, ou un jour de grève générale. Je vérifiai de nouveau ma montre : huit heures.

Je fis quelques pas, angoissé, cherchant une explication. J'échafaudai des scénarios : c'était une farce, toute la ville était complice ; ou alors, elle avait été évacuée pendant la nuit, et je n'avais pas entendu les sirènes. À moins que le 14 mai fût un jour chômé ici ?

Je marchai dans le centre évanoui, avec l'espoir de trouver un bistrot ouvert, d'entendre enfin une voix. Combien de temps déambulai-je ainsi ? Je débouchai sur une place où se trouvait un bassin ; le petit chérubin de pierre ne crachait pas d'eau. Même les fontaines étaient endormies ! Je m'assis sur un banc, affligé. Une grande fatigue s'empara de moi. Je bâillai largement, j'aurais voulu m'allonger pour m'endormir tout de suite ; mais le mieux était encore de rentrer à l'hôtel. Je me remis en marche. Du chemin du retour, je n'ai presque aucun souvenir. Je réprimai sans cesse des bâillements, comme si je n'avais pas dormi depuis trois jours. Étais-je malade ? Une grippe, peut-être ? Hagard, j'entrai dans l'hôtel, toujours obscur et vide. Je montai péniblement l'escalier. Neuf heures dix. Je tombai sur le lit sans me déshabiller, ni même ôter mes chaussures.

*

Je dormis *vingt-deux heures*. À mon réveil, c'était de nouveau le matin ; il était sept heures, il faisait jour. Je rassemblai mes esprits et repensai à ma mésaventure de la veille. Dans la salle de bains, je me passai un peu d'eau sur le visage – j'avais une mine de malade, et mon costume était froissé.

Je descendis. Dans l'escalier j'entendis des éclats de voix, ce qui me procura un grand soulagement : je n'aurais pas supporté que la ville soit toujours endormie. Le patron m'installa à une table pour le petit déjeuner, tout en jacassant : Leroux était parti travailler tôt, le journal serait livré dans quelques instants, il faisait chaud pour la saison, etc. On avança vers moi une desserte sur roulettes, avec un buffet de viennoiseries et de fruits – abondance inattendue dans un si petit hôtel, et qui réjouit le gourmand que je suis.

– Où étiez-vous, hier ? demandai-je.

Le patron sursauta.

– Hier ? Eh bien, ici.

– Je veux dire, hier matin. Quand je suis descendu, tout était fermé. En ville, il n'y avait personne.

– Mais… vous êtes arrivé hier soir !

Il haussa les épaules.

– Vous blaguez, hein !

Et il s'en fut. Je m'interrogeai : était-il possible que mon aventure de la veille eût été un rêve ? Interloqué, je dévorai deux croissants et plusieurs toasts, puis je partis vendre mes articles de bureau.

*

Ce n'est que plus tard, chez un client, que je lus sur un calendrier la date du jeudi 15 mai, surlendemain de mon arrivée. Vacillant, je compris alors que je n'avais pas rêvé : il y avait eu un 14 mai, ma promenade dans la ville déserte n'était pas un songe. J'eus un moment de panique, puis me repris. J'achevai tant bien que mal ma journée ; à dix-neuf heures, de retour à l'hôtel, je pris un long bain. Au dîner, je retrouvai Leroux, qui s'invita à ma table et me fit un récit très comique de la façon dont sa maison s'était écroulée. J'eus envie de lui raconter ma journée de la veille, mais craignis qu'il me trouve ridicule. Nous nous séparâmes vers vingt-deux heures. J'étais toujours inquiet, mais surtout très fatigué ; au bas de l'escalier, je croisai la femme du patron, qui sourit imperceptiblement en me voyant bâiller à m'en décrocher la mâchoire. Dans ma chambre, je me jetai sur le lit. Je devais être malade. Je sombrai dans un sommeil sans rêves.

*

– Réveillez-vous. Il est midi.

La femme du patron me secouait doucement. Je me redressai : midi ?

– Mais…

– Midi, répéta-t-elle. Samedi midi.

– Vendredi.

– Non, samedi. Vendredi, vous dormiez. Nous dormions tous.

– Pardon ?

– Il faut vous lever. Si vous continuez, Dieu sait quand vous vous réveillerez.

Elle tira les rideaux ; le soleil inonda la chambre. Puis elle s'assit sur le bord du lit.

– Je vais vous expliquer.

Elle soupira.

– À Saint-Hermier, dit-elle, on vit un jour sur deux ; l'autre est absorbé par la nuit, et on dort. Nous dormons tous beaucoup. Nous *adorons* dormir.

– Mais alors, hier…

– Avant-hier, corrigea-t-elle.

– Oui, avant-hier : je me suis levé, et…

– C'est très bizarre, coupa-t-elle. En général, par contagion, les étrangers dorment autant que nous.

Elle regarda par la fenêtre.

– Parfois, je me demande si nous ne gâchons pas notre vie. Vous autres vivez deux fois plus que nous. D'autres fois, je me dis au contraire que nous avons de la chance, parce qu'une moitié de l'existence nous est ôtée. Ne serait-ce pas mieux encore de ne vivre qu'un jour sur trois, ou sur sept ?

Elle se leva, épousseta sa jupe.

– Levez-vous, maintenant. Méfiez-vous du pouvoir soporifique de cette ville. Si vous vous rendormez, je ne pourrai plus vous réveiller.

Et elle referma doucement la porte.

Je quittai Saint-Hermier le jour même, épouvanté. Me voyant descendre avec ma valise, le patron voulut me préparer un déjeuner. Je refusai et demandai ma note. Sur la facture, deux lignes étaient barrées. "Deux nuitées sur quatre sont offertes", expliqua-t-il. Je payai sans discuter. »

*

L'ami de Gould se tut quelques secondes, et contempla pensivement son cognac.

« Voilà mon histoire. Je suis parti de Saint-Hermier le samedi 18 mai. Il pleuvait. J'ai allumé la radio. Le croirez-vous ? J'ai réentendu la même émission sur le 13 mai 1958. Affolé, j'ai regardé ma montre : elle indiquait le 13 mai ! J'avais passé là-bas deux jours, transformés ensuite en cinq, et je me retrouvais finalement au point de départ. Devenais-je fou ? Mais le plus incroyable, c'est que ma montre, ma belle montre en or, affichait quarante-huit quartiers au lieu de douze ! Et, comme je l'ai constaté par la suite, elle ralentit pendant la nuit. »

Et il nous montra à son poignet cette curiosité où, vu l'heure tardive, l'aiguille des secondes avançait en effet avec une étrange lenteur, donnant à la fois un sentiment d'éternité et une profonde envie de dormir.

Une collection très particulière (fin)
Piles, tombeaux, silènes

I. Piles

– Pour comprendre ces livres que je nomme « livres piles », je propose une brève mais éclairante expérience. Éclairante, c'est le mot ! dit Gould à propos de ce rayon auquel je ne trouve rien de spécial, sinon que j'éprouve en m'approchant une légère sensation de chaleur.

Avec des gestes lents, un peu joués (toujours quand il parle de ses collections), Gould prend une petite ampoule, comme celles qu'on visse dans les lampes de poche. Souriant comme un magicien prêt à tirer le lapin du chapeau ou à libérer la femme indemne de sa boîte hérissée d'épées, il la passe au-dessus des livres rangés sur l'étagère.

– Regardez.

Alors, à ma stupéfaction, le filament rougit ; puis s'illumine quand Gould applique le culot de l'ampoule sur le dos d'un livre.

– Quel est ce prodige ? demandé-je en cherchant une alimentation électrique cachée.

– Épatant, non ? répond Gould en faisant aller et venir la lampe devant ses livres – la lueur diminuant ou augmentant. Voilà les « livres piles ».

Je lui demande d'en dire plus ; ravi, il explique tout.

– « Livres piles », donc, parce qu'ils contiennent de l'énergie. D'un point de vue physique, je vous l'accorde, c'est invraisemblable ; et pourtant, c'est vrai. L'explication est à mon avis la suivante : leurs auteurs ont mis tant d'ardeur dans l'écriture, ils se sont consacrés à leur œuvre avec une telle énergie que leurs livres aussi en sont chargés. Ils la restituent à présent de diverses façons : ceux-ci sont électriques, mais j'en possède aussi des magnétiques, et des calorifiques. Certains sont phosphorescents ; mais c'est un phénomène spectaculaire qu'on n'obtient pas sur commande. Je me taillerais un beau succès auprès des magiciens si je savais le reproduire à volonté.

Gould joue avec son ampoule, la posant alternativement sur un livre puis sur un autre. (« Jour, nuit. Jour, nuit », dit-il en souriant).

– Évidemment, la production énergétique de ma collection n'est pas énorme, reprend-il, et le jour où elle éclairera Paris n'est pas pour demain. Mais enfin, je ne désespère pas de la compléter par d'autres livres, plus puissants. Tout est possible : puisque j'en ai trouvé qui font réagir une ampoule de 0,2 ampère, j'en trouverai sans doute d'autres capables d'allumer une guirlande de Noël, ou le phare de mon vélo. À terme, mon rêve est de rendre ma maison autonome, et que dans l'avenir, grâce à mon génie et à la puissance poétique de grands écrivains, chaque foyer puisse s'éclairer et se chauffer au moyen d'une bibliothèque bien fournie en auteurs de mon choix.

Gould s'interrompt, pensif.

– Qui sait ? Peut-être existe-t-il quelque part un roman explosif, bourré d'énergie comme une bombe atomique ? Les nations s'arracheraient les écrivains les plus virulents comme jadis les ingénieurs nazis, et les emploieraient à écrire des bombes dont elles équiperaient leurs armées.

Gould pérore ainsi longuement, en s'éloignant de plus en plus du vraisemblable (« l'électricité gratuite par la littérature » ; « un programme "pétrole contre littérature" » ; « au quatrième millénaire, les génies les plus concentrés fourniront le carburant des fusées qui transporteront l'humanité sur Mars et Pluton » ; « le livre, richesse minière des nations », etc., tout ceci avec de grands gestes et une sorte d'ivresse hallucinée). Puis il prend ma manche et nous éloigne des livres-piles, affirmant que les fréquenter trop longtemps fatigue.

– Ils produisent de l'énergie, révèle-t-il d'un air suspicieux, mais je me demande s'ils n'en pompent pas un peu chez leurs lecteurs en même temps.

De retour chez moi, une irrépressible curiosité scientifique m'amène dans mon cabinet de travail, où je dévisse l'ampoule de ma lampe de bureau pour la mettre en contact avec le roman que je peine à écrire depuis des semaines. Rien ne se passe, hélas, et je résiste à l'envie de tout jeter à la poubelle.

II. Tombeaux

Sur un petit rayon, seulement trois livres : *L'Unique Amour*, roman de l'Italien Romano Marci, publié en 1923 ; *Iris*, recueil de poèmes du Suisse Albert Leroux, paru en 1950 ; et le journal intime d'Hyppolite Baronnier, chroniqueur du XIXᵉ siècle dernier.

– Pour les trois, la même histoire, commente Gould. Chacun s'est enfermé dans une pièce pour écrire – une chambre d'hôtel pour Marci, leur bureau pour Leroux et Baronnier. Personne ne les a vus sortir. Pfuit ! Disparus. On ne les a jamais revus. On n'a retrouvé que de l'encre fraîche sur des feuillets épars.

Gould se mouche puis continue, enflammé :

– L'extraordinaire, voyez-vous, c'est que les trois livres – le roman, les poèmes et le journal intime – ont continué de s'écrire après que leur auteur a disparu. Des pages se sont ajoutées aux manuscrits, jour après jour. Pendant une semaine pour *L'Unique Amour*, qui était presque terminé lors de la disparition de Marci ; mais concernant Baronnier, mort le 15 août 1912, son journal s'est écrit sans lui jusqu'au 8 décembre !

Perplexe, je demande à Gould son opinion sur ce mystère.

– Selon la police, ce sont des supercheries. Ces affaires ont été classées sans suite. Mais selon moi (et d'autres gens raisonnables partagent mes vues), Marci, Leroux et Baronnier n'ont pas disparu – pas au sens habituel. Ils sont entrés dans leur livre. C'est la seule explication. Ils ont continué leurs livres *de l'intérieur*, si vous voulez. Comme ces contorsionnistes pliés en quatre dans des petits cubes en bois.

J'interromps Gould, frappé par une idée.

– Mais alors…

Gould devine mon trouble.

– Alors ils y sont toujours, oui. Morts ou vivants, je n'en sais rien. M'est quand même avis qu'ils sont morts, car ce qu'ils avaient écrit avant de disparaître ne faisait pas une demeure très accueillante, et je doute qu'on y puisse survivre : *L'Unique Amour* se passe en Sibérie, les poèmes d'*Iris* sont truffés de monstres et de visions sataniques, et le journal de Baronnier n'est qu'une longue suite de catastrophes et d'ennuis. Bref, à mon avis, ces livres sont leur tombeau.

Gould les considère pensivement.

– Au début j'ai voulu les enterrer. Je me suis renseigné sur les prix des concessions funéraires. Et puis je me suis dit que ces livres eux-mêmes étaient finalement des tombes tout à fait acceptables. Finir dans un livre, c'est une belle mort, non ?

Il sourit puis lève les sourcils, l'air méfiant.

– Mais je les surveille tout de même. Je ne sais pas pourquoi, j'ai le pressentiment qu'ils vont me jouer un sale tour. Parfois, je rêve qu'ils régurgitent leurs auteurs. Trois cadavres sur le plancher ! Je ne suis pas sûr que les gendarmes croiraient à mon histoire.

III. Silènes

– J'appelle « silènes » des livres de rien, des petits romans mal fagotés, toutes sortes de petites choses sans valeur qui, pourtant, renferment des trésors.

Rabelais, souvenez-vous, nommait « silènes » les boîtes décorées qu'on trouvait jadis dans les boutiques d'apothicaire. Comme elles sont « pinctes audessus de figures joyeuses et frivoles, comme de harpies, satyres, oysons bridez, lievres cornuz, canes bastées, boucqs volans, cerfz limonniers et aultres telles pinctures contrefaictes à plaisir pour exciter le monde à rire » (Gould récite par cœur), on imagine que des choses très futiles sont à l'intérieur. Erreur : quand on ouvre, surprise, on trouve « les fines drogues comme baulme, ambre gris, amomon, musc, zivette, pierreries et aultres choses precieuses ». Eh bien ! C'est pareil avec mes livres : on désespère d'y trouver rien d'intéressant, puis soudain on tombe sur un paragraphe mémorable, ou sur le plus désopilant des dialogues, ou sur un excellent mot d'esprit. De tels joyaux, évidemment, n'ont rien à faire là, et se trouveraient mieux dans un bon livre d'un grand auteur ; mais précisément, ce qui fait leur valeur, c'est qu'ils illuminent un mauvais texte. Pour qui les repère, le roman médiocre qui leur sert d'écrin prend soudain une autre allure. Imaginez une alliance rouillée, grise et cabossée, si abîmée que vous n'en donneriez pas un sou ; que tout à coup, vous lui trouviez une sorte d'éclat ; que vous l'examiniez de plus près, et découvriez qu'un diamant y est serti. Alors vous regardez l'ensemble d'un œil neuf : ce même anneau, vous le trouvez gracieux, presque beau ; et vous comprenez aussi que le diamant sans l'anneau serait trop petit, qu'à lui seul il ne vaut rien. Leur union improbable fait la beauté du tout. Voilà le principe du silène : un mauvais roman, mais avec dix lignes sublimes en son cœur. Sans les dix lignes, il serait nul. Mais les dix lignes, sans le roman autour, seraient-elles aussi sublimes ? Dans un chef-d'œuvre, entourées de cent autres, on capterait moins leur lumière, parce qu'elles seraient en concurrence ; dans le mauvais livre, elles ont l'espace qui leur faut pour rayonner.

Comme je demande à Gould de me montrer des exemples, il me tend trois volumes défraîchis.

– À vous de jouer !

– Mais…

– Le plaisir du silène, c'est de trouver soi-même le joyau caché. Vous dire la page, ce n'est pas de jeu ! Vous n'aurez que le diamant, pas le tout. Revenez quand vous aurez découvert le filon.

Un an et dix lectures plus tard, je n'ai rien trouvé dans les trois romans que Gould m'a donnés à lire. Mais il se pendrait plutôt que de me dire la solution, et serait terriblement déçu si je n'y arrivais pas tout seul. Que puis-je alors faire d'autre que chercher encore, pour mériter son amitié ?

Table

L'Angoisse de la première phrase
nouvelles
Phébus, 2005
et « Points », n° P2610

Contes carnivores
nouvelles
Seuil, 2008
et « Points », n° P2480

Les Assoiffées
roman
Seuil, 2010
et « Points », n° P2789

Monsieur Spleen
essai
Seuil, 2013

RÉALISATION : IGS-CP À L'ISLE-D'ESPAGNAC
IMPRESSION : CPI BRODARD ET TAUPIN À LA FLÈCHE
DÉPÔT LÉGAL : MARS 2013. N° 110893 (72122)
IMPRIMÉ EN FRANCE

Éditions Points

Le catalogue complet de nos collections est sur Le Cercle Points, ainsi que des interviews de vos auteurs préférés, des jeux-concours, des conseils de lecture, des extraits en avant-première...

www.lecerclepoints.com